AF431424

CARTAS AL ADIÓS

CARTAS AL ADIÓS

OBRA ANTOLÓGICA

Escrita por:

Rosalba Sierra Bernal

Sadid Alexis Romero Mahecha

Pedro Sánchez Ruiz

Miguel Ángel Morales Robayo

Rubén Darío Mármol Legarda

Karla Melissa Franco Hernández

Cristian Alberto Varela Sánchez

Mario Gabriel González Londoño

Diana Reyes

Mariana Páez Vásquez

Juan Manuel Pineda López

Yuly Tatiana Guerrero Rodríguez

John Emanuel Pérez Gómez

Laura Rosales Cano

Marcela Graciano Rodríguez

Iván Alejandro Trujillo Acosta

Freddy Mondragón

Arturo Bedregal Barrera

Jackeline Arévalo Gómez

Manuel Antonio Ibarra González

Keyla Mora Diaz

Valeria Mosquera Osorio

Valentina González Beltrán

Rafael Galeano

Mariana Naranjo

Julieth Lara P.

Silvia Miranda

Darwin Josué Meléndez Cox

Julieth Garzón Castiblanco

Andrés de los Ríos

Alexandra Prieto

Camila París

Cristian Camilo Araque Úsuga

Angie Daniela Pinilla Vargas

Aixa Marín Orozco

Erika Bermúdez Pineda

Carlos Alberto Vargas Duque

Nikole Aguirre

Lía Hurtado

José Ignacio Garzón Montaño

Nelly Jordán Ordoñez

Aviso legal: Se prohíbe la reproducción total o parcial de la presente obra, restringiendo, además, cualquier compendio, mutilación o transformación de la misma por cualquier medio o procedimiento. Los comentarios descritos en la presente obra, realizados a título personal, no corresponde a pensamientos de la compañía, sino a aseveraciones particulares de los autores. Se permite la reproducción parcial, con el debido crédito a los autores y a la Editorial.

Título: Cartas Al Adiós
Publicado en el año: 2020
Número de páginas: 277
Editado en Colombia
Página web: www.itabooks.com
ISBN: 9798678748829
Sello: Independently published

Autores: ©Rosalba Sierra Bernal, ©Sadid Alexis Romero Mahecha, ©Pedro Sánchez Ruiz, ©Miguel Ángel Morales Robayo, ©Rubén Darío Mármol Legarda, ©Karla Melissa Franco Hernández, ©Cristian Alberto Varela Sánchez, ©Mario Gabriel González Londoño, ©Diana Reyes, ©Mariana Páez Vásquez, ©Juan Manuel Pineda López, ©Yuly Tatiana Guerrero Rodríguez, ©John Emanuel Pérez Gómez, ©Laura Rosales Cano, ©Marcela Graciano Rodríguez, ©Iván Alejandro Trujillo Acosta, ©Freddy Mondragón, ©Arturo Bedregal Barrera, ©Jackeline Arévalo Gómez, ©Manuel Antonio Ibarra González, ©Keyla Mora Diaz, ©Valeria Mosquera Osorio, ©Valentina González Beltrán, ©Rafael Galeano, ©Mariana Naranjo, ©Julieth Lara P., ©Silvia Miranda, ©Darwin Josué Meléndez Cox, ©Julieth Garzón Castiblanco, ©Andrés de los Ríos, ©Alexandra Prieto, ©Camila París, ©Cristian Camilo Araque Úsuga, ©Angie Daniela Pinilla Vargas, ©Aixa Marín Orozco, ©Erika Bermúdez Pineda, ©Carlos Alberto Vargas Duque, Lía Hurtado, ©José Ignacio Garzón Montaño, ©Nikole Aguirre, ©Nelly Jordán Ordoñez

Diseño de portada: ©Editorial ITA S.A.S.
Ilustración de portada: ©Anthony Delanoix

Índice

La muerte acecha 18

    Por Rosalba Sierra Bernal 18

La llegada 19

    Por Rosalba Sierra Bernal 19

La expansión 21

    Por Rosalba Sierra Bernal 21

Desenlace 23

    Por Rosalba Sierra Bernal 23

Renacer 25

    Por Rosalba Sierra Bernal 25

Reflexión 27

    Por Rosalba Sierra Bernal 27

Muerte a un poeta 27

    Por Sadid Alexis Romero Mahecha 28

Epifanía de sufrimiento 29

    Por Sadid Alexis Romero Mahecha 29

Olvido 30

    Por Sadid Alexis Romero Mahecha 30

Muerte 31

    Por Sadid Alexis Romero Mahecha 31

Oda a un suicida 33

    Por Sadid Alexis Romero Mahecha 33

Recuérdame 34

    Por Sadid Alexis Romero Mahecha 34

Fotografías 35
      Por Pedro Sánchez Ruiz 35
¿Callan las calles? 37
      por Miguel Ángel Morales Robayo 37
¿Recordar? 38
      Por Miguel Ángel Morales Robayo 38
Pensamientos negros 39
      Por Miguel Ángel Morales Robayo 39
Hasta que la muerte nos separe y nos vuelva a unir 40
      Por Rubén Darío Mármol Legarda. 40
¿Es mala la muerte? 56
      Por Karla Melissa Franco Hernández 56
Mi patria 58
      Por Cristian Alberto Varela Sánchez 58
Keyakinan 59
      Por Cristian Alberto Varela Sánchez 59
Lamento 60
      Por Cristian Alberto Varela Sánchez 60
Ángeles 61
      Por Cristian Alberto Varela Sánchez 61
Unas vidas 62
      Por Cristian Alberto Varela Sánchez 62
Olafo 63
      Por Cristian Alberto Varela Sánchez 63
Esdrújulas 64
      Por Cristian Alberto Varela Sánchez 64

Canto el 23 64
    Por Cristian Alberto Varela Sánchez 65
Abuela 66
    Por Cristian Alberto Varela Sánchez 66
Hay vivos en las calles que no saben que están muertos 67
    Por Cristian Alberto Varela Sánchez 67
Volveré 68
    Por Cristian Alberto Varela Sánchez 68
Boca..69
    Por Cristian Alberto Varela Sánchez 69
Cuando yo muera 70
    Por Cristian Alberto Varela Sánchez 70
Ausencia (in memoriam) 71
    Por Mario Gabriel González Londoño 71
Piénsame...73
    Por Mario Gabriel González Londoño 73
Purgatorio 74
    Por Mario Gabriel González Londoño 74
Realidad alterna...75
    Por Mario Gabriel González Londoño 75
Tormento 76
    Por Mario Gabriel González Londoño 76
Dos niños jugando...77
    Por Diana Reyes...77
El mudo tararear de una cicatriz prematura.....................................79
    Por Mariana Páez Vásquez...79

Encuentro esperado 83

    Por Yuly Tatiana Guerrero Rodríguez 83

Fumarte..85

    Por John Emanuel Pérez Gómez 85

Abuela 86

    Por John Emanuel Pérez Gómez 86

Mors osculi 87

    Por Laura Rosales Cano 87

Motem 88

    Por Marcela Graciano Rodríguez 88

Alborada del fin del mundo...88

    Por Iván Alejandro Trujillo— Acosta.....................................89

Nadie 90

    Por Freddy Mondragón 90

Réquiem a mi padre..91

    Por Freddy Mondragón 91

Al final de este viaje...94

    Por Freddy Mondragón 94

Viernes 2 am...95

    Por Freddy Mondragón 95

Amorosa 97

    Por Freddy Mondragón 97

Vidrios en la mirada 98

    Por Freddy Mondragón 98

Bautismo...99

    Por Freddy Mondragón 99

Noche de luces fatuas 101

    Por Arturo Bedregal Barrera 101

De la muerte (no temas) 101

Huesitos y calaveras 102

    Por Arturo Bedregal Barrera 102

Fuego y agua 103

    Por Arturo Bedregal Barrera 103

Ándale 104

    Por Arturo Bedregal Barrera 104

Si yo muriera 105

    Por Jackeline Arévalo Gómez 105

Amiga muerte 107

    Por Jackeline Arévalo Gómez 107

El silencio de una partida 109

    Por Jackeline Arévalo Gómez 109

Presintiendo el final 110

    Por Jackeline Arévalo Gómez 111

Un minuto a la muerte 111

    Por Manuel Antonio Ibarra González 112

La cita 113

    Por Keyla Mora Diaz 113

Poema reina de la noche 113

    Por Keyla Mora Diaz..114

Adonis de los huesos 115

    Por Keyla Mora Diaz..115

Libertad siniestra 116

    Por Keyla Mora Diaz...116

Desasosiego 117

    Por Valeria Mosquera Osorio..................................117

Soliloquio 118

    Por Valeria Mosquera Osorio..................................118

Hermanas 120

    Por Valeria Mosquera Osorio 120

Precedente 121

    Por Valeria Mosquera Osorio..................................121

Condena: deceso natural..122

    Por Valentina González Beltrán..............................122

Delirante: post mortem..126

    Por Valentina González Beltrán..............................127

Cuando ya no esté 129

    Por Rafael Galeano..130

El funeral 132

    Por Rafael Galeano..132

Eternidad 134

    Por Mariana Naranjo 134

El ahorcado..136

    Por Julieth Lara P. 136

El ciclo de la muerte 138

Quiero morir 138

    Por Silvia Miranda 138

Tú te llevas la mejor parte 140

    Por Silvia Miranda 140

Los niños del hambre 141

    Por Silvia Miranda 141

El ciclo de la muerte 143

    Por Silvia Miranda 143

El momento ha llegado 144

    Por Silvia Miranda 144

Pero callas, simplemente callas 145

    Por Silvia Miranda 145

Otra ilusión 146

    Por Silvia Miranda 147

La muerte de un amor 148

    Por Silvia Miranda 149

Suicidio 151

    Por Silvia Miranda 151

Carta de la muerte a su amada 152

    Por Silvia Miranda 152

Versos Sarcófagos 154

    Por Darwin Josué Meléndez Cox 154

El progreso y los Wayuu 175

    Por Juan Manuel Pineda López 175

Patria muerta 176

    Por Julieth Garzón Castiblanco 176

No dobles los ojos al atardecer por su presagio de muerte 193

    Por Andrés de los Ríos 193

Nada 199
    Por Alexandra Prieto 199
Lepe..200
    Por Alexandra Prieto 200
Muerta en vida...202
    Por Camila París...202
Provocados para ser póstumos 206
    Por Cristian Camilo Araque Úsuga......................................206
Sobrenatural 208
    Por Cristian Camilo Araque Úsuga......................................208
Infinito 209
    Por Cristian Camilo Araque Úsuga......................................209
Desprendimiento 210
    Por Cristian Camilo Araque Úsuga......................................210
Cristal para que fluya en mis ojos la claridad de un manantial......211
    Por Cristian Camilo Araque Úsuga......................................211
Donde todo de ti se hará paisaje..212
    Por Cristian Camilo Araque Úsuga......................................212
El corazón es un pétalo ondeándose por el eco de la memoria 213
    Por Cristian Camilo Araque Úsuga......................................213
Misantropía cósmica para deambular por el beso en la frente que nos
negaron las deidades...214
    Por Cristian Camilo Araque Úsuga......................................214
Cruzamos el infinito con cada cielo que despedimos 216
    Por Cristian Camilo Araque Úsuga......................................216
Grito devoción para consolar mi último orgullo 217
    Por Cristian Camilo Araque Úsuga......................................217

Cuando el cielo pasa a ser recuerdo 218
    Por Cristian Camilo Araque Úsuga 218
Dogmas...219
    Por Cristian Camilo Araque Úsuga 219
Infortunio prometedor 220
    Por Cristian Camilo Araque Úsuga 220
Concluye la muerte. La desnudez de un hombre despojado de sus cadenas 221
    Por Cristian Camilo Araque Úsuga 221
El suicidio es un viejo amor 223
    Por Cristian Camilo Araque Úsuga 223
Relente...224
    Por Angie Daniela Pinilla Vargas 224
Indeleble 225
    Por Angie Daniela Pinilla Vargas 225
Soledad 226
    Por Angie Daniela Pinilla Vargas 226
Día 227
    Por Angie Daniela Pinilla Vargas 227
Noche 228
    Por Angie Daniela Pinilla Vargas 228
Distante...229
    Por Angie Daniela Pinilla Vargas 229
Abandono 230
    Por Angie Daniela Pinilla Vargas 230
Ángel 231
    Por Angie Daniela Pinilla Vargas 231

No 232

    Por Angie Daniela Pinilla Vargas 232

Es raro 233

    Por Angie Daniela Pinilla Vargas 233

También Mueren Las Flores 235

    Por Aixa Marín Orozco y 235

    Erika Bermúdez Pineda 235

Cala..236

    Por Aixa Marín Orozco y 236

    Erika Bermúdez Pineda 236

Coco 238

    Por Aixa Marín Orozco y 238

    Erika Bermúdez Pineda 238

Malva..240

    Por Aixa Marín Orozco y 240

    Erika Bermúdez Pineda 240

Flax azul 242

    Por Aixa Marín Orozco y 242

    Erika Bermúdez Pineda 242

Loto 243

    Por Aixa Marín Orozco y 243

    Erika Bermúdez Pineda 243

Peonía 245

    Por Aixa Marín Orozco y 245

    Erika Bermúdez Pineda 245

Dalia 246

   Por Aixa Marín Orozco y 246

   Erika Bermúdez Pineda 246

Rosa 248

   Por Aixa Marín Orozco y 248

   Erika Bermúdez Pineda 248

Clavel 250

   Por Aixa Marín Orozco y 250

   Erika Bermúdez Pineda 250

Cempasúchil 252

   Por Aixa Marín Orozco y 252

   Erika Bermúdez Pineda 252

Lirio 254

   Por Aixa Marín Orozco y 254

   Erika Bermúdez Pineda 254

Jacinto morado 256

   Por Aixa Marín Orozco y 256

   Erika Bermúdez Pineda 256

Violeta 258

   Por Aixa Marín Orozco y 258

   Erika Bermúdez Pineda 258

Hortensia 260

   Por Aixa Marín Orozco y 260

   Erika Bermúdez Pineda 260

Anémona 262

    Por Aixa Marín Orozco y 262

    Erika Bermúdez Pineda 262

Jaque de la orquídea y el girasol 264

    Por Aixa Marín Orozco y 264

    Erika Bermúdez Pineda 264

Óbito 265

    Por Carlos Alberto Vargas Duque 265

Asesino del amor humano 267

    Por José Ignacio Garzón Montaño 267

Muerte invisible e invencible 268

    Por José Ignacio Garzón Montaño 268

Grité 269

    Por Nikole Aguirre 269

Muerte (ese espacio común) 270

    Por Nelly Jordán Ordóñez 270

Sombras 277

    Por Lia Hurtado 277

La muerte acecha

Por Rosalba Sierra Bernal

Voy rindiendo un homenaje

a tantas vidas perdidas

en un sentido lenguaje

por las batallas sufridas;

por un huésped que al mundo

ha tomado por sorpresa,

con un dolor muy profundo

desbordante de tristeza.

La llegada

Por Rosalba Sierra Bernal

En las frías tinieblas de la noche

alguien padecía,

cual flor inocente del derroche

poco a poco se moría.

Con frágil acento incalculable

la vida declinaba,

dejando en su sombra despreciable

lo que su ser añoraba.

Deseando sólo ver la nueva aurora

aumentaba la agonía,

el triste escenario del llamado "Ahora"

lentamente desaparecía.

Tras un frío mustio que se va apoderando

una mente confundida,

como mariposa herida, aleteando

queriendo hallar la salida.

Recorriendo mundos con absurda prisa,

que habitaron presos

en mares profundos cubiertos de brisa

de sueños ilesos.

Porque simplemente sólo fueron sueños

callados y lentos,

que envolvieron todo y se hicieron dueños

voraces y atentos;

venciendo ideales grandes y pequeños

firmes y sedientos,

con toda la furia y con mil empeños

de frente y abiertos.

Y allí asistido por la inmensidad

un gemido al viento;

un abrazo fuerte que la soledad

dio al último aliento.

Pues había llegado a nuestro planeta,

una extraña compañía;

trayendo consigo una horrible treta,

que nos sorprendía.

La expansión

Por Rosalba Sierra Bernal

En un mismo tiempo y en muchos lugares,

esta historia se reproducía;

alzándose libre pero en mil cantares,

estridente y dolorosa sinfonía.

Que repiqueteando como las campanas,

el mundo entero cubrió;

fue danzando firme y extendiendo alas,

y con su veneno nos contaminó.

Recorriendo océanos, valles y montañas

en todo el planeta comenzó a latir,

no respetó nada, noches ni mañanas

y con mucha fuerza se hizo sentir.

No hizo distinciones de género o raza,

tampoco de clases sociales;

como fiera hambrienta en acción de caza

escondida tras los matorrales.

Abordó ciudades grandes y exitosas,

y siguió viajando;

abriendo sus redes amplias y golosas,

 a su paso todo devorando.

Fue de continente en continente airosa,

dejando su nido en cada lugar;

ganando tal fama y triunfando odiosa,

y a diario mil vidas nos hizo contar.

Vidas que se extinguieron, vidas que se van,

o mejor mil muertes;

de un grupo de seres que ya no estarán,

tras quedar inertes.

Y que el Universo con su luz radiante

los saldrá a esperar;

como una estrella nítida y brillante,

el camino les va a señalar.

Desenlace

Por Rosalba Sierra Bernal

Y así la ciudad se quedó vacía,

el miedo envolvió

hasta la más desafiante travesía;

la duda se posesionó

y fue transformando todo en poesía,

pues todo cambió,

de repente el todo sólo dependía

de quien lo creó.

El tiempo que siempre fue corriendo lejos

hizo un alto en el corazón,

para permitirnos buscar los trebejos

de nuestra razón.

Por un grande lapso todo se detuvo,

el planeta entero se conmocionó,

y la algarabía que en el mundo anduvo

de un momento a otro, desapareció.

Nunca habíamos visto todo un mundo preso,

desatando hastíos, reforzando lazos,

buscando una forma de salir ileso

del monstruo invisible que sigue sus pasos.

Con incertidumbre la vida transcurre

dedicando muchas horas a pensar;

en qué hemos fallado y porqué esto ocurre,

ahora todo hay que replantear.

Somos seres libres y no lo entendimos,

todos los conceptos equivocados tuvimos,

la verdadera esencia nunca la vivimos

fuimos por el mundo ciegos y alocados.

Y ahora, a la fuerza se debe aprender

a comunicarse guardando distancias.

El mundo que hicimos empieza a doler

y el cambio que pide desata nostalgias.

El calor humano se ha de restringir

y aminorar cada vez más pasos,

sin desfallecer; tratar de vivir

añorando besos, extrañando abrazos.

Atentos y quietos vamos a escuchar

a un planeta herido que pide respeto,

vamos a poder llegar a notar

que hacía mucho rato moría discreto.

Y mientras unos en la reflexión,

otros allá afuera frente a la batalla

agotando fuerzas, agotando ganas,

queriendo encontrar una solución

resistiendo firmes, haciendo muralla

protegiendo todo lo que tú más amas.

Renacer

Por Rosalba Sierra Bernal

Y mientras el amo estuvo encerrado,

el sombrío planeta pudo empoderarse,

sintiéndose a salvo, libre y relajado,

se adueñó del tiempo para restaurarse.

Y otra vez el aire pudo respirar,

pudo comprender de qué estaba hecho;

y todos los mares pudieron nadar,

libres y serenos en su propio lecho.

La vegetación pudo alzar el vuelo

y expandir así su aroma y color

abriéndose paso, divisando el cielo,

recibiendo toda su magia y su amor.

Ríos y quebradas, danzando al compás

de una hermosa y suave melodía,

pudieron por fin, conocer la paz

y entender lo que era la armonía.

Valles y planicies; montañas, nevados,

tantas maravillas de la creación,

de una nueva forma fueron avistados

pues había cambiado toda percepción.

Y los animales, los irracionales,

se vieron envueltos por un suave manto

que los protegió de los racionales

quienes no pudieron limitarlos tanto.

Mientras que la muerte parecía alcanzar

a una parte viva bien seleccionada,

otra parte en cambio pudo reaccionar

y salir del hueco donde fue enterrada.

Retornó la vida un paso a la vez,

con mucho cuidado, queriendo evitar

que la muerte llegue temprana talvez

y a esta nueva era pueda exterminar.

Volvió a la memoria el real sentido

de este doloroso y largo transitar,

el recuerdo vivo que estuvo dormido

y que nos conduce al verdadero hogar.

Reflexión

Por Rosalba Sierra Bernal

Y yo me pregunto:

¿Por qué le tememos

tanto a la muerte?

Si algún día tendremos

que verla de frente.

Y cual vieja amiga,

de su mano el camino recorrer,

pues su compañía mitiga

el nuevo destino que está por nacer.

Muerte a un poeta

Por Sadid Alexis Romero Mahecha

La luna resplandecía fielmente aquella noche, deslumbraba su belleza en lo alto del estrellado cielo, el viento resoplaba vorazmente y el cantar de las cigarras a lo lejos adornaba el ambiente; sentado en un viejo sillón se encontraba aquel solitario hombre, contemplando la magnificencia de los astros, inmóvil, pensativo y triste, dejando escapar los recuerdos de su inexistente historia y añorando los momentos de su juventud.

Pues se notaba la nieve en sus cabellos y las arrugas en su piel mostraban los yugos de su largo camino, a su lado, un pequeño jarrón con delicadas rosas, ya marchitas por el implacable tiempo, la vejez innata sumergía aquel paisaje en infinito silencio y la oscuridad acompañaba al hombre en su eterna soledad.

Fue así, como de sus labios escapo un suspiro, y en sus ojos se mostró la nostalgia empapada por lágrimas en sus mejillas, él sabía que esa noche acabaría y el ocaso en su mirada anunciaba su partida, sin embargo, en su rostro una sonrisa se marcaba, recordando lentamente cada día de su historia y en su boca se posaron esos versos infinitos con los que contaría los momentos de su vida.

A lo lejos se veía esa sombra reluciente y las aves ya cantaban el réquiem de aquella muerte, poco a poco se acercaba y sus pasos se escuchaban cual jinete en la distancia. En su espera esta aquel hombre con un cigarro encendido y en su mano fría y frágil una copa del amargo vino, opacado por la luna su silueta está en el piso, sus escritos olvidados en la mesa de madera, adornados por la pluma y teñidos por la tinta, en hojas secas y manchadas mueren lento aquellas letras.

Ya la luna en occidente pone fin a aquella noche y el astro rey es testigo de aquel encuentro inminente, una dama va de blanco y en su mano lleva un verso, es la historia de aquel hombre que espero con ansias su llegada, pues su vida fue marcada por amores y tragedias, por tristezas y placeres, y sus ojos van cerrando las cortinas de la vida, bajo un amanecer innato que solo un poeta escribiría.

Epifanía de sufrimiento

Por Sadid Alexis Romero Mahecha

Recuerdo que todo estaba oscuro, tal vez de mi mente se escapan los recuerdos de lo sucedido y no logro recordar el momento exacto, ni el porque me encuentro rodeado de cadáveres putrefactos, solo siento el olor fétido de las entrañas y escucho el susurro de las moscas en mi oído, la sangre y tejidos descompuestos se encuentra regados por todo este recinto. Las náuseas se apoderan de mí ser y cuando no logro contenerlas, de mi boca escapa una pila de gusanos, me domina el horror y la desesperación, nuevamente me pregunto entre gritos y alaridos ¿por qué me encuentro allí?, el miedo me invade y el silencio se rompe al escuchar sollozos a lo lejos, intento controlar mi cuerpo y aclarar mi mente, pero lentamente van apareciendo los recuerdos.

Imágenes borrosas rondan mi cabeza, recuerdos vanos que se mezclan con la descomposición del ambiente, no sé si estas visiones se deban al descontrol de mis sentidos, pero logro ver abominables criaturas desmembrando hombres, mutilando niños y desollando mujeres, los órganos y entrañas se esparcen como granos de arena en un desierto de sufrimiento.

Nuevamente el silencio reina…

Olvido

Por Sadid Alexis Romero Mahecha

La noche esta triste, pues caen silenciosas las gotas de rocío y en un mar de agonías se hace presente el olvido, mostrando al ser el yugo de su anunciada muerte, consumido por el vacío de su ausencia, proclama a gritos su regreso.

La oscuridad muere en el profundo silenció, la melancolía de la muerte prevalece en esta oscura noche, Consumido por el tiempo, cual cigarro en el olvido, la soledad me invade en este frío cementerio.

Ahora, estoy solo en esta bóveda vacía, mi voz se está desvaneciendo, mi tiempo se ha ido. Solo en mi mente quedan los recuerdos de una triste vida.

Muerte

Por Sadid Alexis Romero Mahecha

Mi bella y misteriosa dama
En tus brazos he de acoger mi alma
Y de nuestro encuentro reinara la calma.

Bajo tus ojos encuentro el silencio
recorriendo tu piel como un fino lienzo,
bebo el néctar que tu cuerpo emana
pues me enamoras ¡oh! Mi bella dama.

Noche a noche tu cabello al viento,
con tus labios me robaste el aliento,
mi mente tú llenas de ansias
cuando tus ojos me brindan confianza.

Y si tus ojos deciden llorar,
has de saber que en mi podrás contar,
en tu pecho me quiero refugiar
y de tu mirada jamás escapar.

Me siento perdido cuando tú no estas
y vivir sin ti no sería capaz,
encuentro en ti la perfección
como las notas de una bella canción.

Quiero que sepas que estaré contigo

porque a pesar de amarte quiero ser tu amigo

y que deposites en mi la confianza

mientras bailamos esta eterna danza.

Oda a un suicida

Por Sadid Alexis Romero Mahecha

Encerrado en la agonía de su mente pide a gritos su silencio

Llora ahogado en las penumbras de sus recuerdos intranquilos

Una copa está en suelo y la niebla en su recinto

El vapor en su ventana y el sentir de sus suspiros.

Es así como un suicida pasa lentas sus locuras

Poco a poco va clamando la llegada de la muerte

Y en sollozos y alaridos se camufla entre las brumas

Mira al cielo intranquilo carcomido por su suerte.

Ya la noche está avanzando y el suicida agonizando,

las pastillas en su mesa son la calma a su locura

Aborrece así su vida y sus sueños incumplidos

Solo un arma en su cabeza acabara con su demencia

El reloj marca la hora, es la muerte la respuesta

No encontró la inspiración y perdió toda esperanza

Y apretando aquel gatillo tiñe de rojo sus paredes.

Recuérdame

Por Sadid Alexis Romero Mahecha

Recuérdame al instante en que sufra mi partida

Recuérdame, recuérdame fielmente cuando llegue el día

recuerda el primer beso, el primer abrazo

siente así mi ausencia y el frio en tu regazo.

Recuerda como son mis versos

o el sabor dulce que sentías al probar mis besos,

recuerda aquella noche cuando lloraste en mi pecho

pero ahora mira, ya me encuentro en mi lecho.

Recuérdame y no me olvides,

pues seré tu fantasma mientras vives,

recuérdalo todo y recuérdalo siempre

porque morí ahora y morí eternamente.

Solo no te sientes a clamar mi regreso,

no quiero que cargues con todo ese peso,

solo en esa noche en que estés desvelada

Recuerda por siempre que fuiste mi amada.

Fotografías

Por Pedro Sánchez Ruiz

Con su mirada nerviosa e impaciente

Francisco repasaba los detalles

puestos en la carta.

En ella le contaban de Rogelio,

que varios días ya sumaba

su tardanza.

No una,

ni dos,

sino muchas muertes se agolparon

en su mente

y su corazón pudo más que las palabras.

Enseguida partió tras de su hijo

indagando en las guaridas.

Lo buscó en el billar *La garza roja,* el único del pueblo.

Y caminó hasta el hospital

donde uno a uno cien heridos le mostraron

la gravedad de sus heridas.

Lo buscó por *Calle larga,*

preguntó en la cárcel.

Negativo, le dijeron.

A paisanos suyos describió

su talla y estatura

su manera de hablar y de reírse.

En el muelle lo sorprendió el amanecer

esperando verlo bajar de una curiara.

Veinte días y otros veinte

sin más razones que el silencio.

Entonces alguien dijo que el fotógrafo

hacía placas de todos los occisos:

los del río.

Los sospechosos de hablar con el contrario,

El valiente profesor

que se negó a pagar la vacuna de la infamia.

Los campesinos que no quisieron irse.

Los ambulantes sin paz ni territorio.

Y fue hasta él y le pidió todas las fotos.

Entonces el horror desfiló ante sus ojos

y se sentó a llorar entre los muertos.

¿Callan las calles?

Por Miguel Ángel Morales Robayo

Camino por la calle, relajado pero siempre pendiente de todo, pues llega la noche y de ella somos hijos. Llamé a aquel, el de los encargos, me está esperando en la iglesia del barrio, en donde todo pasa y el único que ve las cosas es el vecino invidente de al lado, mientras tu Dios se hace el de la vista gorda.

Solo dos cuadras restan para llegar, pero un grito, dos centellas y tres disparos me trasladan bajo la mirada del santo. Aquí no pasa nada, tomo mi encargo, arrojo el dinero lo más cerca posible a la vida y a la muerte del morraco, mentiras no lo hice, eso me sirve para otro encargo. Esa noche se guardó un secreto entre mi realidad , tu dios y el vecino de al lado.

¿Recordar?

Por Miguel Ángel Morales Robayo

Descargo mi conciencia sobre ti

y no estoy loco, tal vez soñando,

¿Muerto? Quien sabe

Más yo te pregunto:

¿podrás abrazarme en tus recuerdos?

Pensamientos negros

Por Miguel Ángel Morales Robayo

Allí van, embriagados de oscuridad mis pensamientos,

violando la claridad, alimentando la incredulidad.

Mas yo, de ellos me alejo,

no más de lo que mi sombra lo permite.

Si algo sé, es que un día,

me enamoraré, queriéndome ir con ellos.

Hasta que la muerte nos separe y nos vuelva a unir

Por Rubén Darío Mármol Legarda.

I

Vaya destino cruento al que me enfrentaría,

perderte después de que finalmente,

a pesar de tanto,

del sudor y el llanto,

imperturbablemente,

Yo fuera tuyo y Tú fueras mía;

después de haber superado todo aquello que nos distanciaba,

y habiendo cruzado a tortuoso nado

la inmensidad de sentimientos que nos separaba;

perderte después de haberme ganado a pulso así tu amor,

justo después de haber incinerado,

y ni cenizas haber dejado,

de todo mi inescrutable temor.

Eras solo Tú quien me importaba,

por ello emprendí la implacable búsqueda de tu amor,

dejando atrás el miedo palpitante que me encadenaba

con la esperanza de no toparme con lo peor;

y es entendible que mi corazón entero lo haya arriesgado,

que tratándose de ti, mi único amor,

todas mis pasiones las haya apostado,

para lograr consumar ese camino pétreo

que aparentaba no tener fin,

pues confiaba que al final

cruzaría triunfante ese inmenso desierto y aquel helado mar,

casi intraspasables, tan intransitables,

de ilusoria incorrespondencia e inseguridad.

Al menos, antes de que te fueras,

entre mis brazos alcancé a abrigarte

y te escuché susurrarme al oído que me amabas;

también te escuché decir,

que no supiste todo lo que hice para llegar a ti,

más cuando lo supiste apreciar, Tú, sin fingir,

te sentiste la protagonista afortunada de un cuento de hadas;

y así, sin advertirlo, sin dudarlo,

te enamoraste, igualmente, Tú de mí.

Me hiciste saber algún día,

que solo te importaba que siguiéramos juntos aquel camino,

el que ya no era tuyo ni era mío,

el que se había convertido en nuestro,

que sin que interesen las duras circunstancias,

sin que importen lo más mínimo las tempestades del mal tiempo,

combinaríamos en uno solo nuestro caminar,

compartiendo con correspondencia y complicidad,

nuestras inmensas ganas de unidos volar,

hasta conseguir juntos nuestros más ínfimos sueños.

II

Una vez emprendimos nuestro viaje juntos,

era lo nuestro rayar en la anti— moralidad,

éramos para nada, lo que se consideraría

ni de cerca, una pareja "normal".

Nos atraían exilias cosas

que a la mayoría asustarían,

nos regocijábamos como pocos

en la sensación de oscuridad,

muy felices habitando

entre las penumbras de la perversidad.

Muchos seres que a veces nos vieron pasar,

notaron que nuestra felicidad

no se equiparaba en nada a la de otros,

nos miraban con el gesto mudo y diciente,

sin poderlo disimular,

con el que se detalla y juzga a un par de raros e incomprendidos
locos.

Y vaya que nos agradaba

causar esas sensaciones entre las gentes,

hacer que nunca cómodos,

pero muy estremecidos y con ganas de huir,

a nuestro lado, ellos se encuentren;

de esa forma lográbamos estar solos

aunque miles de ojos acusadores nos rodearan,

de aquella forma nos procurábamos un mundo solo, nuestro, propio,

alejado de cualquier entrometido ser que lo dañara.

Querías ser por siempre solo de mí

y que yo sea por siempre solo de ti,

de este escueto mundo no codiciábamos más,

no nos importaba nada ni nadie más.

Por eso pienso, me debió corresponder en aquel momento,

justo antes de que tu alma se hubiera ido,

seguir siendo Tú y yo, el cuerpo y la sombra inseparables,

y así haber compartido ese lóbrego destino contigo;

de esa forma seguiríamos siendo ahora,

Tú el suave pan y yo el agridulce vino,

que donde sea que ahora nos encontráramos,

seamos el viento y el polvo indistanciables,

que surcan aquellos remotos lugares tan unidos.

Desearía ahora, poder seguir tomándote de la mano,

sin importar las rutas ni el destino,

sin hacer óbice a cualquier obstáculo

que se nos interpusiera en el camino;

seguir siendo aquél que te guía

cuando las penumbras de la noche

nos arrebataran la luz del día;

que sigas siendo Tú quien me despierte

con un endulzado beso en mis labios cada mañana,

una vez superado aquello que nos engendre,

un vacío incognoscible en las entrañas;

y así, dejando atrás todos nuestros temores inertes,

nuestro camino volveríamos a andar juntos,

unidos por un lazo renovado,

cada día más agraciado, cada día más fuerte,

de esa forma cada vez más profundo.

III

Aún con eso, en mi temerosa mente

miedo de perderte antes ya se alojó,

pues se aproximaba el rumor del día en que tu nueva mejor amiga la muerte,

te acurrucara entre sus brazos ingentes

y te acariciara el alma como no pude haberlo hecho yo.

A pesar de lo felices que fuimos juntos,

siempre hubo dentro de ti,

pensamientos trastornados y profundos,

que te encarcelaban en tu propia mente

y diestramente te impedían huir;

ellos te hostigaron y presionaron constantemente,

tal como ahora me sucede a mí,

para que te extingas sin despedirte,

sin dejar rastros evidentes,

que alguien más pudiera seguir.

Tal vez fue aquel apetito irrenunciable

por los atractivos deslices con la muerte,

la conexión que hiciera que de forma tan loable,

no uniéramos entre nosotros como con nadie más sin precedentes;

tal vez fue, lo que igualmente,

nos distanciara mucho más de este empalagoso mundo,

y nos hiciera tan repulsivos,

ante su repugnante y consumida gente;

quizá fue aquel vínculo tan insano,

el que asimismo nos confinó entre paredes amuralladas por deseos abyectos, y nos impulsara a desear sacar adelante agarrados de la mano

uno de nuestros más impíos y perversos proyectos.

Pues, antes de dar conmigo ya lo tenías planeado

y confesármelo te había costado,

a pesar de que te revelé que antes de conocerte,

en mi mente, también aquellos sombríos pensamientos se habían engendrado,

los de deshacernos de todo lo que nos tenía atados a este mundo,

dar un paso hacia el costado frío y oscuro de la muerte,

y sumirnos entre sus lobregueces muy profundo;

hasta que no fuera posible vislumbrarnos,

ni con mi futura y corta encandilante luz de llama de vida,

hasta que se hicieran nuestros deseos cumplidos,

los de hacer un viaje eterno de ida pero sin venida.

IV

Antes de hacerlo, sin embargo,

con el paso del tiempo a tu lado,

pronto ocurrió algo,

sin que mínimamente lo planeara o imaginara,

sin que pensara algún día en tomarme ese trago amargo:

la unión que formé contigo,

hizo que de este mundo, tú fueras lo único que me importara,

la que me hizo sentirme enganchado a ti como con arpones del ombligo,

se convirtiera en una espada asesina doblemente afilada;

ella los restantes lazos cortaría

de las pocas ganas sinceras que conservábamos de vivir,

pero que al mismo tiempo algún día mutilaría,

y se convirtió en un túnel siniestro sin salida,

los lazos que te mantendrían

asimismo, unida a mí.

Debo confesar, aunque ya sea demasiado tarde,

que te convertiste Tú,

mi dama oscurecida,

en ese alguien que me hizo reconsiderar

ese motivo que me hiciera apreciar,

por fin mi vida;

pues, me hiciste evaluar, sin proponerte,

algo que no había contemplado antes,

algo que ni de cerca había meditado

ni hallándome solitario en la más alta cima:

que te volverías la razón para llenarme de coraje

y de esos abyectos deseos darme a la huida;

finalmente pude ver que después de subir tanto,

siempre queda atrás una empinada colina,

que no se prevé mientras se sube y menos si se hace sin descanso,

pero que ya estando en el punto más alto,

multiplicado por mil el sufrimiento de su impacto,

hasta el viento más frágil e inesperado,

puede ser el que propicie una dolorosa y trágica caída.

Y es que así me sentí mientras volábamos juntos,

como atravesando entre áridos desiertos,

sobrevolando sus izadas dunas,

ya sea dormidos, o sea despiertos,

sin propiciarnos protección alguna;

flotando andábamos felices unidos

y así escalábamos sin agotarnos altas montañas,

sin asegurarnos provisiones de ningún tipo,

pues, nunca sentimos que nos hicieran falta;

Nos elevábamos simplemente

con los aleteos de nuestros corazones,

para ignorar el resto del mundo,

nos sobraron así razones;

no fue capaz de detenernos

ni el golpe de la ráfaga más dura,

tanto que hasta en su momento,

sentí que pudimos alcanzar y abrazar la luna.

Mas, estando ya en ese punto tan alto,

entrelazados nuestros cuerpos,

apoyadas nuestras mentes meditando,

sucedió aquello que yo tanto temía,

aquello que, sin embargo,

al conocerte yo también quería;

te dejaste poseer por el viento del arrebato,

la muerte te sedujo con su perversa brisa fría,

te hizo asimilar que finalmente,

por convicciones arremolinadas en tu mente,

tu día de dejar el mundo había arribado,

que el momento de tu partida,

sin que medie despedida,

había llegado;

así que precipitaste pronto tu caída,

y de esa forma, aunque distinta,

y en ese momento decirlo ya sobra,

propiciaste también la mía.

IV

No pude hacer nada para evitarlo,

intenté convencerte, antes de que te lanzaras,

pero sin lograrlo,

de no seguir adelante con nuestros viles propósitos,

en su lugar hacer extendida y profunda nuestra vida juntos,

de edificar algo que le sea envidiable al mundo,

algo bello y recóndito entre nosotros;

quise proponerte que construyéramos

algo contrario a aquello que antes tanto nos unió,

que nos impidiera sentirnos vacíos si teníamos vida,

sino algo que, contrario a ello, conservando vida,

muy unidos nos hiciera sentir mucho mejor.

Pero no funcionaron mis súplicas

y todo terminó para mí cuando te fuiste,

como si terminara tu tiempo

y asimismo el mío cuando partiste;

me niego a continuar con "normalidad" mi triste vida,

y a pesar de que jamás la tuvo,

los motivos para mis causas son ya, sin duda, cosa perdida.

Así, jamás creí que tan pronto se cumpliría

aquella promesa que en ese inolvidable,

nuestro especial lugar,

Yo te hacía y Tú me hacías,

cuando aún volábamos libres disfrutando

de nuestro sublime amor que jamás mermaba,

que constantemente este se renovaba,

que diariamente reverdecía.

Aquella promesa que casi hace

que mi corazón alegremente se detenga,

las palabras más sentidas y bellas que jamás había escuchado,

y que no creí que tan precozmente cambiarían su significado,

a lo doloroso que ahora representan.

Aquellas palabras que aún puedo escuchar,

como si fuera ayer cuando las emitimos,

cuando directo a mis ojos Tú miraste

y con voz palpitante nos dijimos:

confiemos en el destino,

dejemos todo manos de sus azares

y caminemos el resto de nuestra vida juntos

hasta que la muerte nos separe.

V

Y así sucedió,

la muerte fue quien después de todo, nos separó,

y con ello, volvió deplorable mi situación de ahora,

me dejó sin ansias ni deseos,

ya no me importa que los relojes marquen la hora;

ya no me fijo en qué tan alto se encuentra el sol en este momento,

deseo deshacerme de todo lo que me arraigue a este mundo de zozobra,

mis ganas de vivir son cada vez más escasas con cada segundo,

ya nada me atrae ni me mueve, pero tampoco quiero.

Y es que, ya lo intenté todo para encontrar una salida,

hasta he caído en la inopia tratando inútilmente

por cualquier medio

devolverte a la vida;

ya sorteé hechizos y magia oscura más allá del simple mal,

infructuosamente intentando convertirme en alquimista

para hallar la fórmula de una piedra filosofal,

con la fútil esperanza de que su mágico elíxir te reintegre vida.

Por ello ahora, me domina una insuperable sensación de que todo ha terminado,

ni un beso más, ni una caricia sentida adicional,

ni una palabra más con olor de tu aliento,

ni un roce más de tu piel, abrigado y sincero.

Todo se ha vuelto gélido en mi vida,

te llevaste también mi calor con tu partida.

Ya no miro colores,

ya no distingo ni siquiera los arcoíris,

no estoy al tanto de lo que pasa a mis alrededores,

no hay olores ni sabores,

permanece todo con desconsolados matices grises.

Es lúgubre camino por recorrer el que me resta,

acechado por todos lados por reluciente mar y brisa,

más no siento aquel acostumbrado suave tacto como al estar contigo,

el viento se rehúsa a ofrecerme un poco más de sus frágiles caricias;

ya no tengo la sensación en mi pecho del fuego de la llama de la
vida,

desapareció el efecto reconfortante del calor del sol,

ya no disfruto ni siquiera del placer innato de una sonrisa.

Siento indefectiblemente

que esta pena me va a matar,

y, sin embargo, no muero;

siento que tu aire en mis pulmones

un segundo más no me puede faltar,

porque sin dudarlo me voy a ahogar,

pero, a pesar de que a cada instante falta,

no me ahogo, y tampoco muero;

es mi sentí, que si no me acaricias una vez más el alma

se me va a marchitar,

y así solo con el cuerpo indolente tal vez me quede,

y ojalá esto sucediera rápido y sin ninguna calma,

más esto, aunque lo desee con avidez, jamás sucede.

Quizá con el alma marchita, por fin, yo también muera,

y aunque no muera,

si mi alma se marchita tal vez ya no podría sentir,

podría ser aquél,

para mi estropeado ser,

sin duda un mejor vivir,

que estar ahora con vida sin poder llamarle a esto vivir,

mejor que percibir el mundo en donde me encuentro

sin poder llamarle hogar,

podría ser, a pesar de lo que no preveo,

el hallarme junto a ti lo que más deseo,

y quizá sea, para mí, el estar a tu lado un mejor lugar.

VI

Y es que, cosa contraria a cómo fue contigo,

la diosa muerte aún no me ofrece más que impasibles tratos,

me impide el paso y no me permite recorrer a gusto,

las similares rutas que Tú ya tomaste en su camino;

y tal como si yo fuera un capitán que en altamar marina su barco,

cede un tanto si puedo navegar, si realizo un movimiento astuto,

entre los vastos y entumecidos mantos,

que ella siempre carga consigo.

Mas, con esto noto que poco a poco logro navegar

aquello que con afán ansío encontrar,

lo que desde que te fuiste yo vengo buscando,

dar con tus misma playas en su impávido mar de muerte y oscuridad.

Y es mi consuelo que ya me tienta más constantemente,

esa imperturbable y siniestra voz que matiza la muerte,

la que me incita a perder el control sobre mis actos,

que a las exigencias de mi perturbada mente

me haga sumiso sin asignar medida,

que suelte sin cavilarlo de mi barco el mando

y lo deje así navegando a la deriva.

Me aconseja esa gélida voz me ya no vuelva,

que no me es común el mundo viviente de las gentes,

que a la escasa e inhumana vida que sostengo,

sea algo más que indiferente.

Me susurra que pacientemente me rehúse

a ver un nuevo día de sol y lluvia,

que ya no hay motivos que me excusen

para que deserte del agua y el oxígeno,

que me despida sin pensarlo de este mundo que me enturbia,

tal como si yo fuera un virus y aquel fuera el antígeno.

De forma que sin mediar esfuerzos en contra,

ni detenerme a pensar en frívolos motivos,

me ayude a mí mismo a deshacerme de la vida que ahora me sobra

y me deslice lentamente ante aquel intrincado destino,

el que Tú ya tomaste sin decirme un convencido adiós,

y así me reuniré otra vez contigo,

para recalcarte que fuimos y seguiremos siendo uno,

que jamás volveremos a separarnos,

que nunca volveremos a ser dos.

Por ello, en este momento,

ya no sé si salir por la puerta

aunque la mantengo siempre abierta,

temo que si salgo y parto hacia cualquier camino,

para regresar quizá no encuentre el mínimo motivo

y se convierta aquel en mi viaje secreto de partida,

como el tuyo, sin media vuelta.

Quizá, al estar afuera,

ya no lo pueda evitar,

el sentirme atraído

hacia todos los seres que ya se han ido,

hacia aquellos que ahora te alojan en su fúnebre hogar,

y que te cubren con su mismo velo de muerte enmudecidos.

Sin dar más largas, tal vez desee llegar finalmente a ti,

y si bien pueda parecer algo apresurado,

a mi caminata sin rumbo me vea atraído a darle fin,

a lo mejor desee terminar mi vida sin fijarme en dónde esté parado,

a lo mejor me llegue el olor a muerte y así también con su rumor,

me sienta indistintamente intrigado a comprobar su sabor,

quizá de mi mente ese oscuro deseo ya no pueda borrarlo,

tal vez, en ese punto, ceda sin resistencia,

y probablemente, ya no pueda evitarlo.

¿Es mala la muerte?

Por Karla Melissa Franco Hernández

I

En el espejo de cenizas

que Narciso duplicó.

Sigo ciega la cornisa

que a los primeros liberó.

Contemplo la soga que impune adornó,

la piel en el abismo sumergida,

al vaivén de la última caída.

Sobre el vacío de pies danzantes,

el devenir se refleja

a la orilla de la sombra eterna

contenida y delirante.

Sobre vestigios de luz suprema,

la propia voluntad se entrega

y en un manto de fulgor agonizante,

una duda me fustiga inclemente:

¿es mala la muerte?

II

Niebla irascible y desbocada

que con la juventud acaba,

masacrando los tejidos

de una vejez derrotada.

Actúa en perpetuo sigilo

y en las más hondas entrañas,

donde sueña marginada

con la sombría competencia.

La naturaleza en su doble lucha

al compás de tímidas fracturas,

adormece la existencia.

Al capricho de inútiles suturas,

el cuerpo es su propia tumba.

No es más que arena la dorada ciencia

y la duda me fustiga inclemente:

¿es mala la muerte?

Mi patria

Por Cristian Alberto Varela Sánchez

En Colombia todo es cinismo, todo es terrorismo,

Colombia está llena de todo, menos de patriotismo.

Colombia tierra bonita, de pura gente bobita.

Mi de deseo no es ofender, pero el tiempo lo amerita.

Veintiuno por una parte y por la otra centenares,

Todos lloran por igual, todos ríen sus pesares,

Unos en cañaduzales y otros en féretros reales,

Ya no sé qué creer, ya no sé ni qué sentir,

Es mejor armarse dentro, de pronto les da por delinquir,

Y no se lo tomen a pecho, que lo que menos pido es guerra,

Pronto no habrá ni un techo, no habrá lecho, no habrá tierra.

Keyakinan

Por Cristian Alberto Varela Sánchez

Consuelo de muchos, alegría de demasiados y dos cuerpos mutilados.

No me quieran, no me busquen.

soy el judas de la pasión, el Scar del rey león, el traicionero, el peón.

Pocas veces invierto en la confianza en entregarme y pagar la fianza.

Soy aventurero, pero no lujurioso, no soy nada de lo que creen, soy un fucking miedoso.

Descuídate, anda conmigo, te abriré el pellejo desde el surco hasta el ombligo.

Te sonrío, te soy firme, voy contigo al baño.

Tomo agua, me seco y me preparo para hacerte daño.

Doy vuelta a la página, tomo un vaso de agua,

como, me visto, agarro el talwar y... Hasta pronto Panidagua.

Lamento

Por Cristian Alberto Varela Sánchez

Lamento mucho haber estado callado, aunque frecuentemente lo estoy,

Hablar y Hablar así con H no es justamente Hablar.

Cuando realmente Hablo soy o me considero: Fuerte, belicoso, ruidoso, resonante, impaciente, caudaloso, pertinente, grosero, feliz, grato, concreto, vanidoso, asqueroso, concienzudo, brillante, espléndido, exitoso, arrancado, perdonado, nunca, pero nunca olvidado. (Muerto)

Lamento mucho haber hablado así con H porque me siento: Derrotado, amilanado, cansado, bloqueado, singular, apartado, muerto, amado, importaculista, suicida, lleno, vacilante, amante, enviciado...

¡SÍ, ENVICIADO!

Lamento y no lamento hablar en el momento indicado, justo detrás del féretro allí está mi cuerpo plasmado.

Ángeles

Por Cristian Alberto Varela Sánchez

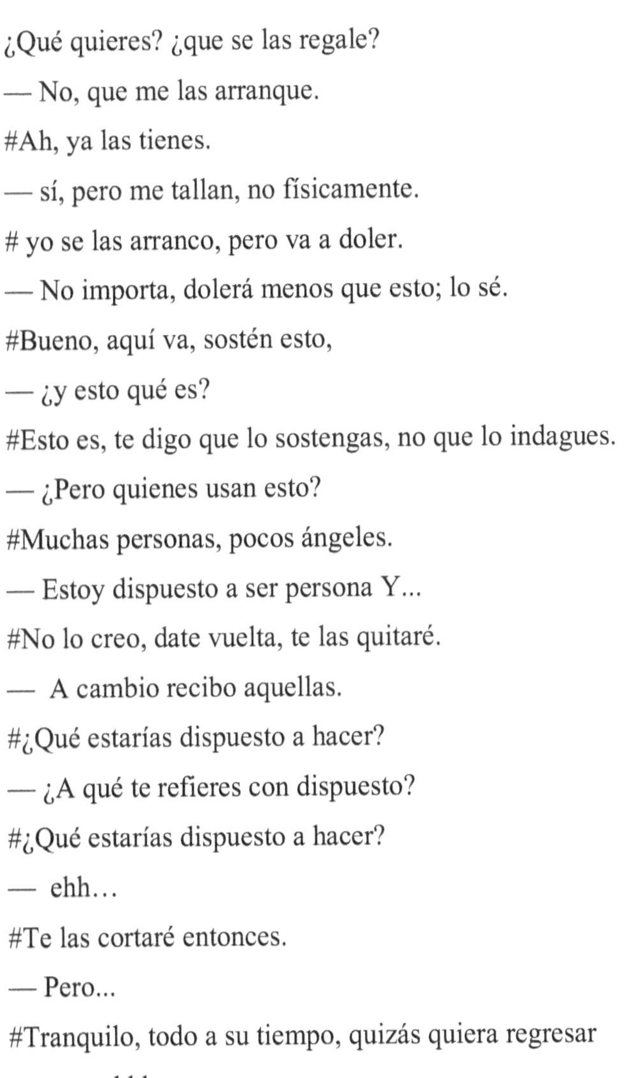

¿Qué quieres? ¿que se las regale?

— No, que me las arranque.

#Ah, ya las tienes.

— sí, pero me tallan, no físicamente.

yo se las arranco, pero va a doler.

— No importa, dolerá menos que esto; lo sé.

#Bueno, aquí va, sostén esto,

— ¿y esto qué es?

#Esto es, te digo que lo sostengas, no que lo indagues.

— ¿Pero quienes usan esto?

#Muchas personas, pocos ángeles.

— Estoy dispuesto a ser persona Y...

#No lo creo, date vuelta, te las quitaré.

— A cambio recibo aquellas.

#¿Qué estarías dispuesto a hacer?

— ¿A qué te refieres con dispuesto?

#¿Qué estarías dispuesto a hacer?

— ehh…

#Te las cortaré entonces.

— Pero...

#Tranquilo, todo a su tiempo, quizás quiera regresar

-     ahhhggg…

Unas vidas

Por Cristian Alberto Varela Sánchez

Las rayas van tranzadas,

Las manchas están manchadas.

Van y vienen tiros de pistola.

Niños juegan a través de las consolas.

Las lenguas de las serpientes que todo perciben.

Los estómagos hambrientos, culatazos reciben.

No hay nada que pueda hacer, ingresando al espejo

De la cabeza a los pies y estás bien lejos,

Toso y tosen, veneno, agua, morfina

El 73% detrás de la cortina.

No veo nada, ni tampoco quiero ver, pesos robados, ni música de antier.

El violador muestra sus garras,

el niño se agacha y amarra.

medio día y los niños aún no han comido.

Miles de drogas volando, navegando sobre ríos.

Me duele la mano y no he hecho gran cosa,

Ve y asesina, igual la vida es hermosa.

Olafo

Por Cristian Alberto Varela Sánchez

Soy un gallo sin espuelas que salta para volar.

Soy carne, úlceras y secuelas que nadie quiere probar.

Soy doce años que he vivido, todo el tiempo encerrado,

Quiero que sean 30, siempre y cuando haya volado.

Me equivoco y pico duro, al que cuidado no me presta.

Nada puedo hacer, es mi instinto, y ya tengo cresta.

Cuidado destino cruel, mucho cuidado conmigo.

Mis plumas han caído, y no es que ahora coma trigo.

Canto en las mañanas, ronco, fuertemente,

A las cuatro, muy en punto, para que descanse mi mente.

Es hora de partir, abro un hueco en la arena.

Es hora de empezar, dieciocho años de condena.

Esdrújulas

Por Cristian Alberto Varela Sánchez

Proféticamente serán más que abortos y cuerpos desmembrados.

Principalmente serán la causa de un pueblo desterrado.

Casualmente será algo que ocurrió en algún lado.

Herméticamente estará en el olivo de un padre suicidado.

Concretamente quedarán en ruinas y suelo pisado.

Intrépidamente la sevicia de destronar al desgraciado.

Críticamente las armas acabarán con el "Levantado"

mientras que el barranco, las piedras, y la humedad, se lleven al consumado.

Ven aquí Religión, Diablo, o energías del pasado.

Tan sólo quiero saber, el límite del pecado.

Canto el 23

Por Cristian Alberto Varela Sánchez

Canto el 23 mientras rayo las paredes.

Canto el 23 y te miro, ¿puedes?

Canto el 23 y me va muy mal.

Canto el 23 y me miras fracasar.

Canto el 23 solo en casa de mi difunta tía.

Canto el 23 porque el día lo permitía.

Canto el 23 interpelando una celebración.

Canto el 23 y no precisamente una canción

Canto el 23 y seguiré cantando de febrero a noviembre.

Canto el 23 acostado, con soledad, tos y mucha fiebre.

Abuela

Por Cristian Alberto Varela Sánchez

Guárdame en una caja y que no sea de madera,

aún me queda verano, otoño, invierno, ¡Y justo llega la primavera!

Los huesos desgarran mi piel, igual que mi intestino. Mi aliento, las verdades no las siento, a lo mejor estaré contento, o muerto, atento ¿atento a qué?

Amén.

Hay vivos en las calles que no saben que están muertos

Por Cristian Alberto Varela Sánchez

Hay vivos en las calles que no saben que están muertos.

Hay tiros en los funerales y ríos llenos de sueños.

Sueño y Realidad.

4:30 am.

Por fin estoy asentado cabeza, me siento sustraído, más bien cansado, adolorido.

Con la cara hacia lo alto, los ojos ausentes y el torso clemente, mi entorno...

Mi entorno huele a sexo, (olemos lo sé) esa fragancia tuya, el ruido, el vaivén. Los milisegundos y los besos antes que caiga el sostén.

La lluvia allá afuera componiendo a todo dar y las paredes babeando un néctar natural.

Hay vivos en las calles que no saben que están muertos.

Hay tiros en los hospitales y lagos que no tienen dueño.

6:00 am.

Nuestras corrientes sanguíneas saltando, corriendo están.

Los ángeles allá arriba mirando sin potestad.

Y sin poder hacer nada, pidiendo a gritos hacer mucho, tú te quedas postrada, pensando "Eres un ducho".

Volveré

Por Cristian Alberto Varela Sánchez

Te...

Mejor...

Escucha...

Te extraño, aunque las musas canónicas ya no me dejen volver.

Te extraño, aunque mi mente desabroche el símbolo del desdén.

No puedo volver, ya no encuentro camino, no estoy esta noche solo, sólo es de noche y no es contigo.

Se perdió el Arlequín, (mírame).

Se extravió el perro guardián, llevándose la alegría del palacio y del andar, del callar y del reír, de simplemente asumir, que no caminaremos más, que en esta pista se bailará nuestro último Popurrí.

Boca

Por Cristian Alberto Varela Sánchez

Hasta ahora no hubo precipicio alguno que se haya llenado tanto de agua salada, de viscosidad, de jugo frío, de humanidad, de marsupiales y de aves rapaces, de arena y fe.

De fe.

Creer.

Nacer.

Existir.

Crecer.

Si hay algo tan grande y vacío porque no lo llenas, si te lanzas se acabará esta gran condena y vivirás para gozar.

Gozar.

Amar.

Cantar.

Bailar.

No hay tal profundidad, siempre hay un lecho donde caer, lánzate que a los tres días todos te haremos enaltecer.

Cuando yo muera

Por Cristian Alberto Varela Sánchez

Quiero que me inventes el cielo, que me descifres el invierno. Quiero tenerte en lava, agrandada, testaruda, ruda y tierna en este infierno en el que estoy y estaré y del cual no he podido, ni podré salir.

Quiero verte repetir contar estrellas sin parar, quiero correr en la llanura comenzando a desvariar, empleando esa ternura en tus cachetes, destruyendo los grilletes que hay en tanta sensación, buscando una implosión alguna del saber y del sentir.

Quiero trinar firme, tan alto como un castillo esbelto, que me sobren argumentos y ser dueño del momento tan voraz que corroe día a día, borrando nuestros días y burlándose a todo dar.

Ausencia (in memoriam)

Por Mario Gabriel González Londoño

Hoy preferí escribir, luego de tanto llorar
Mi llanto se ha hecho verso, pretendiendo tu ausencia borrar
Y es que es tan difícil dejarte marchar, sabiendo que jamás volverás.

Hoy tengo miedo a caer, ya que tropiezo al andar, es mi deseo morar junto a ti
Terrible ha sido tu óbito y causa un gran dolor…adiós mi hermosa guerrera
Hoy se extingue tu luz
Sabes que siempre fui tu guardián.

La tribulación de tu despedida causa sufrimiento
Las noches se hacen perpetuas
Llegaron tiempos de oscuridad, mi vida no encuentra salida
Espero que tu manto cubra mi luz y mi amor
Y que el fuego eterno, selle nuestra unión.

Llore, al ver tu rostro palidecido tras el cristal, llore
Pues tu existencia daba a mi alma tranquilidad, y yo llore…
Al ver tu rostro palidecido tras el cristal, llore
Pues tu presencia daba a mí ser felicidad, y yo llore…

Si que da vueltas la vida
Lo que ayer represento felicidad, hoy se convierte en dolor
Por eso te busco, porque ya no soporto este profundo silencio
¿Dime donde estas?, ahora vuelvo a estar en soledad
Debo de nuevo aprender a caminar
Te llevare en mi alma, grabada hasta el final
Es por tu adiós que de sol a luna y de luna a sol hay llanto en mí.

Pasa un día tras otro sin saber nada de ti, aún yo sufro
Quizá algún día en la vida podre encontrar la luz de mis sueños, por eso te pienso

Anhelo que vuelvas, espero estas palabras puedas escuchar, porque lo debes saber

Y es que un extraño destino, trajo consigo el final.

Piénsame

Por Mario Gabriel González Londoño

Es que ya no me deseas

Es que ya no me anhelas

Ya no me recuerdas, ni me piensas

¿Ya nada es como antes?

¿Tú?, tú que siempre atendiste mi consejo

Tú que siempre me oíste, pero jamás me escuchaste

Tú que siempre me viste, pero jamás me observaste

Tú que siempre me imaginaste, pero jamás me conociste

Por un demonio, piénsame aunque sea solo una noche, una madrugada

Aunque sea un poco, un instante nada más, piénsame…

Mentiras no lo hagas, mejor no me pienses

Quiero morirme

Me estoy muriendo,

estoy muerto.

La verdad siempre lo estuve

Morí antes de nacer

Y todo gracias a ti.

Purgatorio

Por Mario Gabriel González Londoño

Si supieras del infierno que arde en mí,

serias más apacible conmigo.

Si pudieras tu sentir lo que llevo en mi interior

comprenderías bien porque así actúo yo.

Y claro, sé que no es simple, no como parece,

no es sencillo comprenderme,

no soy fácil de llevar

Siento ser una carga hasta para mí mismo.

Pero bien, da igual si no has logrado comprender que cn mi mundo,
en mi universo interior, todo cobra una nueva vida, un nuevo
significado

Que así como la vida conduce a la muerte, la muerte también genera
vida

Que la noche y su oscuridad se reinventan todo el tiempo

Para cada vez ser más atractivas y tranquilas

Si vieras más allá, claramente notarias lo armónico de este muladar

Si observases con detenimiento percibirías que aquí todo es más
bonito

Y así, solo así, podrías descubrir sensaciones emergentes de una
estética olvidada y notar lo bello que yace en aquello que inquieta a
los demás.

Si supieras apreciar este extraño crepitar y del fuego que al sentir
extrémese el palpitar, tú también gustosamente dejarías este infierno
arder en ti.

Realidad alterna

Por Mario Gabriel González Londoño

Me encontraba yo
Me encontraba allí
En la soledad
En la oscuridad total

Cuando de repente siento tu presencia
Tu magna silueta
Tú voz, tú particular voz
Esa voz que en el susurro sabe dar respuestas
Ese auxilio al que acudo inconscientemente

Y preguntas ¿aun buscas respuesta?
A lo que en mi mente repaso si, como siempre
Bien sabes que no es eso a lo que me refiero, ¿tú me entiendes, verdad?
Eres consciente que esta vez me visitas por algo diferente que en realidad no lo es, porque esa duda, esa particular interrogante te ha acompañado siempre, desde tu primer respiro y palpitar, ha habitado en ti desde el inicio, incluso mucho antes del origen de los tiempos

Y eso, eso es lo que te ha traído de nuevo a mi
Pero bien hay algo que nunca he podido comprender
Y es tu profundo deseo por mí
Tu desesperación por hallarme, cuando sabes que jamás lo has logrado
Eres consecuente al saber que por más que me busques no me has de encontrar, ni lo harás jamás, sabes ¿Por qué?
Porque yo habito en ti, porque yo soy tú

Tormento

Por Mario Gabriel González Londoño

El cielo se hizo gris, cómo cuando se muere una flor, de nuevo vuelvo a mi soledad, tan solo lleno de visiones rotas por cumplir, has marcado un destino sombrío con tu partida.

Tú cada vez más lejos, mientras yo gusto más de ti, siendo tú mi iluminación, mi más bello y secreto talismán, vuelve y calma está ansiedad, lucido, como una irrevocable realidad que yace de nuevo ante ti.

Impío, inconsciente, desorientado, vulnerable, agrietado y sensible así me hallo justo aquí cuando menos lo pensaba, con tu nuevo aliento, el mío a muerto, has silenciado mi voz, has sofocado la llama, has enterrado el recuerdo y ahogado en el profundo océano del verde/azul de tus luceros las ruinas a las que quede reducido, aún después de tanto, ¿tienes algo que decir? antiguo amor mío.

Un adiós inesperado que duele
Mi púlpito cautivo hacia el cielo
El círculo abierto al centro
Yo consagrado a ti, sagrado vínculo, sagrado elixir, bendita luz
Exequias de la mortandad de pasiones de las que me hiciste recluso.

Dos niños jugando

Por Diana Reyes

— ¿Quieres jugar conmigo?

— hoy me siento cansado, tal vez mañana. Ven a la misma hora ¿te parece?

— Esta bien, no me quedes mal

— ayer estuve aquí como quedamos, ¿por qué no llegaste?

— las cosas han sido complicadas, tuve... algo que hacer

— ¿ahora si quieres jugar?

— lo haría, pero entiéndeme si me canso y paro

— un rato es suficiente para mi

— hola, como te sientes hoy?

— cada vez me duele menos, creo que ha funcionado estar a tu lado

— me alegro por ti

— te veré mañana?

— mañana es día de visitar a mi abuelita, pero estaré contigo en dos días

— me pondré mi mejor ropa para jugar contigo todo el día

— ¿niño?

— te estuve esperando de nuevo, ¿qué te pasó? te ves extraño, pero no te ofendas, mmmm ¿qué te hiciste? ¿mejoraste?

— perdona por no venir a nuestra cita, me pasó algo, mmmm como decirlo, es que no se bien. Te cuento, primero me dio un fuerte dolor en el pecho, pensé que el cáncer había vuelto peor, mi mamá corrió y me abrazó, eso fue bonito porque sentí calor como en una tarde de verano. Luego sentí una lágrima que rodaba en la mejilla de mamá y ya no sentí más dolor después de eso. Vi que papá corría y me abrazaba, pero yo no podía devolver el abrazo.

Lo último que vi fue mucha gente en mi casa y todos estaban vestidos de negro, así que me despedí de mamá con un beso y vine a jugar contigo.

— sé que al comienzo te dará trabajo acostumbrarte, pero mi abuelita dijo que vendrías, con tu mejor traje y aquí estoy para jugar contigo para siempre.

El mudo tararear de una cicatriz prematura

Por Mariana Páez Vásquez

I

En un mismo vientre desgarrado,

Nuestro resistir fue agotado,

Entre forcejeos fui cegado,

Y de tu recuerdo fui privado.

¡Oh! ¿Habrías sido entonces solo meconio?

Pero la proximidad de nuestras pieles,

el trenzar de nuestra carne pura,

los ríos de sangre compartidos,

en la misma placenta desnutrida.

II

¡Ay! Pero este feto que apenas se estiraba entre el manto de la vida

¿Cómo habría podido entonces distinguir?

que aquella mortaja lúgubre,

recaía en tiernos pliegues en su cuello amorfo,

pliegues de una precoz invitación a danzar con la muerte.

III

¿Quién aceptaría una danza de este tipo?

Sin duda un feto sin pecado o vanidad alguna,

Sin duda la simiente casi eterna e incorrupta.

¿Quién sería testigo de una danza de este tipo?
Sin duda la omnibenevolencia de algún Dios,
Sin duda el amor de una madre castrada.

IV

Entonces la mortaja me arropó en lo amniótico,
negra, como la anemia en mi piel ya nunca acomodada,
negra, como el sin fin de la ira agrietada,
negra, como el rebuscar de la ceniza aislada.

Mi destino fue un aglomero de mudos vagidos,
Al verme en la condena de tolerar tu olor mortecino,
pero la angustia hizo del tolerar un mirar estrecho,
pues el estrés carcome la inocencia de todo hecho.

V

Acaso ¿Era yo merecedor de esta barbarie?
Si no elegí que fueras tú el que me corrompiera,
Sin embargo, nadie elige lo que no ha de elegirse,
Solo vienes y lo haces cuando se te agota la paciencia.

¿Cómo haberte dicho que no estaba listo?
Pero te haces el sordo cuando te dejas cohechar de la vida,
Hurtas todo mérito cuando oscilas en el hastío,
En especial cuando este viene de una madre de caudal vacío.

VI

Permanecí solemne mientras me devorabas,

Contemplé cada beso áspero que adheriste a mi piel,

El vibrar de cada roce en el útero ya corrupto,

El fluir y refluir de las pulsiones opuestas.

La destreza de tus vicios en mi respirar inmóvil,

El crujir de nuestras miradas desnudas,

Como el topar de sonajas de plata en la oscuridad innata.

VII

Debiste confesar que el vértigo de tus cortejos era más que muerte,

Era la compadecida tragedia de un cráneo ahuecado,

Aquellos agasajos eran la repetición de la vida misma,

El ciclo interminable de lo perecedero.

Mientras sostuviste mi cuerpo casi humano sobre tus antebrazos,

Vi en tus sienes putrefactas el suspender de una semilla de manzana,

¿Quién diría que la vida jugaba a un paso de tus mejillas?

¡Ay! Pero si ese rostro femenino ya descompuesto por la culpa,

Era entre lágrimas el reflejar de una conciencia desorientada,

Que de voluntad débil, eligió abortar.

VIII

Si chance me hubieras dado, el perdón habrías alcanzado,

Así en el repetir de los hechos seguiré siendo esa semilla de manzana,

Que en el intento de vivir es azotada por el temor de una madre.

Claro, si es que madre puedo considerarte,

¿He de llamarte entonces mujer?

Pero, el peso sobre tus hombros no es femenino,

Tampoco he de estimarte de magnitud fálica.

Eres la misma muerte.

Mi muerte cotidiana que repetiré eternamente.

[IX]

Lo dicho por el polvo maltratado,

lo afirma el yerto anciano,

lo agobia al joven que colgado

del llanto le hizo mutilado.

¡Oh digna muerte!

Tu cotidiana gloria,

De impaciencia es ebria,

De sibarita es sucesoria,

Tu eterna victoria.

Encuentro esperado

Por Yuly Tatiana Guerrero Rodríguez

¿Sabes cuántas veces te llamé?

¿Cuántas veces te busqué?

Por supuesto que lo sabes bien

En noches de llanto amargo

clamaba a dios por tu llegada

y en el atardecer largo

esperaba que escucharas mi llamada.

Soñaba que vendrías en cada madrugada.

despierto añoraba tu frío abrazo

mi querida señora, mustia y callada,

cada mañana lloré tu rechazo

Te llevabas siempre a quienes yo amé

Alejándolos como una amante celosa

De los años de soledad que pasé,

Te culpo a ti, mi musa improbable y virtuosa.

El tiempo transcurrió, no sé si rápido o lento

Me decidí a olvidarte y emprender un camino nuevo,

Días de alegría y congoja que se llevó el viento

Y me reconfortaba saber que eras el destino que veía a los lejos hoy tras tantos años sin pensarte

te presentas de noche frente a mi cama.

Hay tanto que quisiera decirte, que reclamarte

Soy el único que te odio y aun te ama como amante

Es tan libertador llegar al final

Ahora lo entiendo, antes no estaba preparado

Me despido de todos y vuelvo a comenzar.

Con tu visita otra etapa ha llegado

¿qué esperas ahora? Vámonos ya

Que tú tienes trabajo y yo quiero descansar.

Fumarte

Por John Emanuel Pérez Gómez

Un mortero penetra mi memoria

tratando de herir lo hermoso de mi vida

como la tormenta cuando navega en las nubes

para dañarlas poco a poco en cada caricia.

A veces, por no decir siempre

camino en la calle pensando si fuiste noble,

me gusta imaginarme otro nombre

o en otra vida para mentirme.

Los recuerdos son cigarrillos

que uno pone en su blanda mano,

uno sabe que son sólo humo

renaciendo por nuestra boca

para matarnos desde el pecho.

Uno es tan triste o forajido

es un adicto a morir lento,

para sacar de mi bolsillo

en la caja de cigarrillos:

el próximo recuerdo.

Abuela

Por John Emanuel Pérez Gómez

Me arrepiento de enamorarme tarde,

el manto de la luz es el desvelo de la vida,

la magia del sueño se pierde en una ventisca

y deja de ser el amor a primera vista

por ser el amor viéndose por última vez.

Se lame la mirada de la inocencia

como un beso de mala suerte

los recuerdos son como la noche,

una excusa para un reencucntro clandestino

que la vida no permite que suceda.

Abuela, por cuanto no te amé:

te amo

por cuanto te amo:

no te amé.

Me arrepiento de enamorarme tarde

de quererte en el último acto,

inmortalizarte más en tu ausencia

y besar el aire en tu nombre.

Pero por lo menos...te amo.

Mors osculi

Por Laura Rosales Cano

Cazadora que viniste a zarpar mi lecho,

no te ocultes.

Insúflame en la noche de tu aliento,

para quedarme dormido en tus pupilas,

en esos ojos que me absorben la mirada

en tu boca que me incita y me nombra

Lléname de ese beso sin labios,

de ese aliento sin saliva,

de esas caricias sin manos.

Humedece mis huesos del sudor helado de los últimos instantes

y no me dejes morir

con esta necesidad apremiante de sentir la sangre viva

en una piel que no me pertenece,

en un cuerpo que ya no habito.

No llores, que no temo,

siento tu pecho aprisionado contra el mío,

las lágrimas de eros cayendo en mi regazo

tus labios fundiéndose dulcemente con los míos:

¡Ha llegado la hora!:

Lámeme el alma

y condensa mi hálito al infinito

Motem

Por Marcela Graciano Rodríguez

Creer, tener fe, soñar...

todo se vuelve trivialidad,

el camino se llena de oscuridad.

La luz desaparece, se consume,

la sangre hierve a borbotones,

la piel se contrae,

los gusanos se alimentan de los restos,

los cuervos cantan,

revolotean,

danzan.

esperan.

El averno abre sus puertas,

a una llegada siniestra.

Alborada del fin del mundo

Por Iván Alejandro Trujillo— Acosta

Una mañana

para despedirse, tal vez,
para siempre.

Nadie

Por Freddy Mondragón

Todos tenemos un nadie

a cuestas que puede aparecer

en el rostro de tus miedos

moviéndose en las esquinas

de cualquier vida.

Tiene la paciencia y el silencio

como de otro mundo.

Ese nadie está en todas

tus alergias de dolor

y de tus contadas risas.

Se ríe de tus ínfulas

de soberbio orgullo.

Recuerda, ese nadie

será el único que te dará

la mano para que salgas

de la oscuridad del mundo

y te des a luz como un secreto

que habías olvidado.

Réquiem a mi padre

Por Freddy Mondragón

Cama 4, 9:35 pm, 21 noviembre 2017

Esta es la fecha en que nos dijimos adiós,

la eventualidad llego a su punto cumbre.

Los límites que te forzaban a quedarte se rompieron.

Ahora estas fuera de la piel mustia y por

encima de una enfermedad torpe.

El silencio selló tus ojos

y en la fonética de tu boca ya

no hubo más música.

El aire de tu cuerpo fue expirando,

fue adelgazándose hasta hacerse

un murmullo cerrándose de brizna.

Una coagulada neblina oculta un paisaje.

Caíste de lleno en la forma de tu sombra.

Se fueron tus manos que con su ánimo levantaste

cada uno de los rincones de la casa, que ahora

extrañaran el chancleteo de tus pasos.

Las baldosas: la sombra viva de tu vida.

La cocina: extrañara el destapar de ollas

cuando del hambre te querías soltar.

Extrañaremos tu afición concentrada

por las noticias matinales.

La mecedora a donde a veces arrullabas tu sueño

se mecerá sola.

Tus zapatos se quedaron huérfanos,

desde sus huecos miran hacia el cielo

esperando tus pies de papá grande

para salir a pasear.

Y la puerta de salida se quedará esperando

el sonajero de tus llaves hacia la calle o

entrando a la sala.

¿Acaso la muerte es la lagrima de quien se va

por los que quedamos vivos?

¿Acaso lo que llamamos muerte en realidad

es el despertar de un sueño ilusorio donde

nos encontramos todos tropezándonos?

Gota a gota, de lenta gota se fue haciendo la

oscuridad de tu corazón, tenue, imperceptible, se fue

cumpliendo hasta hacerse un inaudible eco

que ni la ciencia médica podía seguir.

Te levantaste, vi que te levantaste con el último

respiro que diste y un Dios contento por tu alma limpia

te bautizó de nuevo con alas.

Cogiste tu memoria y con ella envolviste para arrullar

los nombres de tu familia, para llevarlos por si las moscas

como faros en la oscuridad.

Mis noches de desvelo se hicieron con tus noches de dolor,

escuchaba tu corazón, intentando sacar del hueco enfermo

tu vida de hombre grande.

Ya no tenías venas para que las agujas del suero las picará.

la muerte te fue llevando, te fue trasteando

como cuando se trastea de una casa.

Se llevó tu voz.

el gesto caminante de tus pies,

hasta tumbarte a lo largo de una cama.

Te juntaste a tu sombra, siempre solidaria se acostó contigo.

Ahora hay un vacío que insinúa tu forma

caminando por la casa, por las esquinas del barrio,

va a los lugares que siempre te gustaron.

Padre señor, el mundo sigue su paso de eterna

gestación.

Las horas hablan, tumulto de voces, tu voz ya desprendida.

Todos los rostros apretujados de segundos, ya tu rostro libre.

Tu cuerpo se fue evaporando, cada poro cerrándose,

cada articulación deteniéndose.

En la garganta fue la batalla que erosiono todo tu cuerpo.

sé que te fuiste sin miedo, fuiste impermeable a la

infamia de los oscuros deseos.

Cumpliste con la misión de heredarnos

lo mejor de tu experiencia de noble espíritu.

Tu felicidad fue rica porque se cumplió

con muy pocos ornamentos.

Tuviste una paciencia generosa,

tanta, que esperaste 86 años para regresar

a tu luz de nacimiento.

Y así pasaste con gloria

por esta divina comedia

de contrariedades.

Amén

Al final de este viaje

Por Freddy Mondragón

Al final de este viaje de la vida

quedaran nuestros cuerpos

como llantas pinchadas

de tanta piedra en el camino.

Al final de este viaje quedara

nuestro rastro invitando a vivir.

Estas horas consumidas son

el pasado de los variados cielos

que florecieron en el día a día.

Estos años son ciertos por el sol

que nos dibujó un horizonte .

Al final de este viaje quedara

una cara de amor,

una gasa que envuelve

un viejo dolor.

Al final del viaje, dos viejos

mundos se encuentran .

Al final partiremos de nuevo.

Al final comienza un camino,

otro buen camino que

seguiremos descalzos.

Al final estaremos intactos,

quedaremos los que pueden sonreír

en medio de la muerte en plena luz.

Viernes 2 am

Por Freddy Mondragón

Como me llegas en plena madrugada
mirándome por la rendija del silencio.
Eres ese rostro que se parece al
color de mis días.

Vórtice sin gesto, expresión de piedra
rodando entre truenos.
Me llamas en secreto,
masticando mi nombre
y le declaras un sabor
a melancolía.

Hay una luz vulnerable a las
heridas de tu oscuridad.
Cada esperanza, debe tener
tu sello de vencimiento.

Vienes a mi alma a medir la temperatura
de mis horas frías.

Ven, aprovechemos el fruto de la
madrugada y bailemos
la canción del lejano y siempre adiós,

de los intentos desperdiciados

en nombre del amor.

Merodeas mi soledad,

te gustan los cementerios

que viajan conmigo.

Ángel de la nada,

sonámbula del vórtice sin regreso.

Te entrego la vieja cruz, oxidada por la costumbre

de las incertidumbres.
Entonces vieja amiga sonámbula de oscuridades,

te invito a bailar y cantar ese vals de todos mis días.

El réquiem de las horas, en ese viaje constante del adiós.

Amorosa

Por Freddy Mondragón

Te nombro desde el recuerdo
que hicimos jugando al sueño,
te llamo desde la risa que
tejimos juntos.

Desde nuestras lejanas pisadas
que se fueron con los pequeños
fantasmas que pueblan
el olvido de los caminos.

Lanzo tu nombre al viento
agujereado.
En medio de este aullido
de gente te llamo.
Te grito desde mi última gota
de segundo.

En la agónica luz que queda
de la destilación del día,
imploro que tu amorosa mano
baje a cerrar la soledad de mis ojos.

Vidrios en la mirada

Por Freddy Mondragón

Cae la luz quebrada.

Se empoza en charcos de esquirlas.

Sube una nostalgia que en grumos

hace la terquedad del pasado.

Cuerpo en sombra es tu ojo.

Tu boca de plato quebrado.

Tu lengua muda para todos los días.

Tu gesto de piedra o ceniza

Tu piel asustada entre palabras de hollín.

Alguien prende veladoras.

Se revela un rostro de fantasma sonámbulo.

Ya las moscas usurpan sus horas.

Oscura tintura ya es mi nombre.

Estoy suelto hacia lo innombrable.

Bautismo

Por Freddy Mondragón

Subí al barco, al navegante que escucha la órbita

entre el viento;

y nos anuncia su fragmentada alma entre

los ecos.

Subí y ella estaba llena de voces,

de aguas pasajeras que intercambian

reflejos de lunas y antorchas de náufragos

que gritan por su vida.

Y así subí al riesgo y a la aventura concedida

para comprobar y sentir la fiebre de una semilla,

de su insurgencia contra los acertijos del invierno.

Y vine a morderte,

cuerpo de pescadora solitaria

esencia que pulsa los nervios del agua,

silencio detrás de tu voz que sueña.

Vine a morderte lluvia de palabras,

de ojos pigmentados por sombras

y astros.

Vine a morderte la lengua,

donde mi cuerpo se desnuda.

No importa si mi mordedura cae en tu culpa,

en tu pecado exquisito,

en tu inocencia.

O si en definitiva cae en el elixir fermentado

y húmedo de tu tumba.

Noche de luces fatuas

Por Arturo Bedregal Barrera

Esta selección de poemas es un tributo a la vida, que no podría ser mágica sin la conciencia de su efímera realidad. La muerte, que algunos temen y otros prefieren callar, es el picante que realza los sabores de nuestro paso por el mundo. Escritos inspirados en una noche de los muertos bajo la luna mexicana, ofrezco este tributo poético para coquetear con la vida, a través de la muerte.

De la muerte (no temas)

No temas a mi presencia por ser hija de la sombra,

no cierres triste los ojos cuando me acerque en la noche,

aunque sea tu vida austera o aunque vivas del derroche,

llegaré en justo momento, tengo presente tu hora.

No temas mi manto negro que danza con las estrellas,

no te asustes observando mi sonrisa fría y eterna.

Porque mi mano será dulce, suave, seca y muy certera.

Porque a pesar de tus miedos mi caricia siempre es tierna.

No temas al frío trémulo que se acerca con mi abrazo,

porque viene acompañado de una cálida esperanza

y aunque la puerta sea estrecha y ajustada la balanza,

te prometo un juicio corto y al final, solo el descanso.

No temas bailar conmigo cada día de tu vida,

porque cuando venga hambrienta a mostrarte la salida,

recordaremos con risas cada vez que te arriesgaste,

recordaremos con sueños el placer que aquí alcanzaste.

Huesitos y calaveras

Por Arturo Bedregal Barrera

Huesitos y calaveras, nos recuerdan lo que somos.

Lo que queda tras las lágrimas, tras los corazones rotos.

Lo que queda de las guerras, de las grandes ambiciones.

Lo que queda de nosotros, de nuestras cortas pasiones.

Huesitos y calaveras nos recuerdan que la vida

es tan corta como un siglo si la damos por perdida

o tan larga como un segundo si está llena de alegría.

Huesitos y calaveras, siempre se verán sonrientes,

pues dejaron las ataduras de un mundo triste y doliente

para recordar con gracia, con dulces celebraciones,

que la vida siempre es dulce con recuerdos en la mente.

Fuego y agua

Por Arturo Bedregal Barrera

Veo las velas relucientes, invocando a espíritus viejos.

Oigo a las gotas de la lluvia que están llamando a los niños,

bailando en la noche fatua con vientos de dulce muerte.

Cantando el renacimiento y desterrando al olvido.

Hermosa canción del mundo,

divina visión del cielo.

Fuego que ruge en las almas,

agua que fluye en el cuerpo.

Calaveritas de azúcar,

papel picado en el cielo,

velas nadando en las aguas,

panes que comen los muertos.

Hoy nos visitan aquellos que abrazaron su destino,

y así, entre panes de azúcar, oyendo las gotas de lluvia,

con el olor de las flores, con el incienso encendido,

les prometo que en mi alma, no encontrarán el olvido.

Ándale

Por Arturo Bedregal Barrera

Ándale duro al tequila, ponle el picante y la sal,

ríete de las mentiras, juégale una broma al mal.

Ándale duro a los tacos, aderézalos con miel,

baila con la muerte un rato y que se erice tu piel.

La muerte la celebramos, las lágrimas pa' las penas.

Nunca se llora o se sufre, el final de una condena.

Vamos a vivir la vida dejándosela al azar,

gozando cada segundo hasta que deba acabar.

Pero cuando nos marchemos de este mundo tan humano,

que nos recuerden felices, con un tequila en la mano

y cuando venga la calaca con su manto negro oscuro,

le hacemos la zancadilla y nos reímos bien duro.

Si yo muriera

Por Jackeline Arévalo Gómez

Si hoy por fin terminará mi contrato

Y junto con la tarde acabará mi existir,

No se alteraría irremediablemente el mundo

Y entonces me pregunto ¿Por qué no hacerlo?

Mi familia empezaría a reconocer lo buena que fui,

Tal vez algunos lloren con tristeza y otros sin dolor.

Verán por fin que era más que un cajero que hacía favores,

más que una enciclopedia que resolvía tareas,

que era un ser humano que les ayudo, aunque nadie la entendió.

Aquellos que llamé amigos, que escogí entre muchos

me extrañaran un poco, pues tal vez no habrá quien

diga mil tonterías graciosas, quien les llore en el hombro

y palabras de inspiración ya no escucharán,

y seguirán con sus vidas, sus amigos, sus familias

y sus nuevos y viejos amores.

A quienes amé, talvez por fin les duela

o a lo mejor serán felices.

Cada uno tendrá una familia que los consuele,

quizás encuentren el verdadero amor

y en algún momento de soledad al pasar por su mente

les robaré una sonrisa desde el corazón,

reemplazarán mi cuerpo por uno más esbelto, más fresco

y sin tantas cicatrices en el alma

Y cual suspiro al viento me perderé en el tiempo.

A mis hijas, tal vez les haga falta pero se acostumbrarán

ya no habrá quien les grite, les reclame ante los errores,

ante el desorden, ante la pereza.

Tampoco habrá quien las consienta con ternura

y las ame sin reserva, quien les guíe en sus tareas

y les quiera salvar la vida, serán libres para vivir,

Aun cuando en otro plano no las deje de seguir,

Descansarán de quien con torpeza las quiso hasta el fin.

Con el pasar del tiempo solo un recuerdo seré,

De vez en cuando apareceré y al final en olvido me convertiré.

Si hoy muriera… el mundo no lo notaría.

Amiga muerte

Por Jackeline Arévalo Gómez

Amiga muerte, aún te espero
sentada entre mis tristes recuerdos
en medio de la melancolía de mi corazón
y con la ilusión de verte llegar.

Amiga muerte, aunque helada
anhelo tu cálido beso para ya descansar,
para dormir esta vida hecha pesadilla
Y despertar quizás a la nada.

Amiga muerte, tu abrazo nadie lo quiere,
más en mi afán quiero que me abraces.
Injusta quizás mi decisión
Más gran oferta hoy te doy.

Amiga muerte, parece que ya me huyes
cuando mis lágrimas alguien seca,
cuando mi soledad alguien acompaña,
cuando mi dolor mi hermosa cambia.

Más aún te espero con el sol de la mañana,
Con la luna de la noche
Y en medio de la locura de vivir.

Amiga muerte, no olvides que aquí estoy

Y a pesar de que tardas

Aún te espero como la fresca brisa

Que congela mi alma.

El silencio de una partida

Por Jackeline Arévalo Gómez

Nadie imagino lo que sucedió, el día había empezado como de costumbre, una madrugada fría envolvía el ambiente, como anunciando la llegada de la fría muerte que, después de todo, había decidido llevarla de viaje para más nunca volver.

Su mente algo confundida, entre el pesar de dejarlo todo y la emoción de acabar con el dolor, actuaba torpe, le hacía decir tonterías, dulces tonterías que causaban risa a quienes le rodeaban, su cuerpo inquieto por la quietud que le esperaba se sacudía y abalanzaba con los brazos abiertos sobre los otros, en medio de una despedida silenciosa, su corazón algo agitado, algo calmado, poco a poco bajo el ritmo, dejaba de latir al compás mambo para caer en un eterno pero finito vals.

Cada latido era uno menos hacia el encuentro de la oscura muerte y la luz de vida que otros decían.

Disfruto de la brisa otrora que le sacudía el cabello y le obligaba a buscar abrigo, la lluvia tenue que acompañó la mañana la sintió fresca, algo coqueta bañando y recorriendo el cuerpo que habría de abandonar, el ruido mundano fue como música a sus oídos. Parecía otra la que iba a morir, ella sabía que el día había llegado, que pronto separaría un cuerpo sin gracia de un alma cansada y ansiosa.

No pensaba en los que la extrañarían, solo le atormentaban tres luces encendidas que dejaría al partir y no sabía cómo apagarlas y empacarlas en su corazón, para no perderlas, para nunca separarlas, no temía a la muerte que le acompañaba, sino a la vida que les esperaba.

Con el ocaso del día se despedía de la vida, bajo el halo de la luz de la luna su último suspiro oía, en una estrella fugaz su incomprensible sueño realizó y con una sonrisa en su rostro expiró.

El amanecer ya nunca más vio y la rutina que lentamente le mató, empezó de nuevo, ya sin ella y no le importó, solo había sido una loca sensata más, una poeta enamorada sin amor, una soñadora que ya más nunca despertó.

Con su muerte, otra historia empezó.

Presintiendo el final

Por Jackeline Arévalo Gómez

Acompañada de la infinita soledad ella sintió el frio abrigo de la muerte

que insista en atrapar su alma vagabunda,

que en sueños había recorrido el mundo sin temor.

las lágrimas lavaron su rostro quizás una y mil veces,

más la esperanza que albergaba su corazón le permitía volver a nacer

con unas alas más grandes para volar haca sus sueños,

con una piel más fuerte para resistir el dolor,

y con la mente más clara para tratar de no volverse a equivocar,

más una y otra vez cayó y una y otra vez se levantó.

Pero esta vez, se sintió cansada ya sin ganas de seguir,

sus sueños se fueron desvaneciendo en el azul del cielo infinito,

su alma llena de remiendos, se desmoronaba poco a poco

y ya ni siquiera el abrazo más cálido, más fuerte podía

juntar los pedazos de un corazón abatido.

Sabía que el final había llegado.

con los ojos inundados de lágrimas de ilusiones perdidas,

con la piel ajada por las amargas experiencias vividas,

con el cuerpo sin fuerzas en su interior

inhalo una brisa fresca, aceptó el beso de la muerte,

exhaló con un profundo suspiro que liberó su alma,

borró su memoria y recogió su sombra

para simplemente pasar a ser

una huella inconclusa en el tiempo.

Un minuto a la muerte

Por Manuel Antonio Ibarra González

I

A la muerte le robaré un minuto
 y pintaré de nuevo los colores
del mar,
dibujaré por última vez tu sonrisa
como una gaviota viajera
(la gaviota que alzó el vuelo)
y te colocaré en el horizonte
en los oleajes del mar
para que con tus alas abiertas
busques el firmamento.

II

A la muerte le robaré un minuto,
un solo minuto,
luego me marcharé en silencio.

La cita

Por Keyla Mora Diaz

Ese día llegó, estaba muy nerviosa, lo confieso; me llegaste de sorpresa.

Sentí al encontrarse nuestras miradas por primera vez que siempre habías estado allí, aun cuando no te veía, aun cuando no te sentía, solo estabas esperando el momento perfecto.

Mis nervios eran porque sabía que era nuestra primera y última vez, esperar tanto tiempo para una sola cita era un poco extraño, confuso y perverso.

Entendí entonces que mis nervios eran en vano, era un encuentro eterno, yo me quedaría contigo, a todo lo demás le diría adiós, ya no sentía temor, la calma volvió a mí, solo bastaron unos segundos para q se volviera una cita eterna.

Muchas veces te dejan plantada y por eso enfureces, ¿quién no? Pero buscas alguien más para que acuda a tu cita, tienes pocos pretendientes y amigos, mas bien ninguno. Ahora que estoy contigo entiendo porque te desesperas cada vez que vas a un encuentro, siempre con desconocidos que quieres abrazar, que dejen todo por ti.

Hoy en mí cama, con mis ojos en los tuyos, cuando ya nadie escucha mí voz y dejo mí último aliento, me quedaré en nuestra cita eterna, no escapare de tu abrazo y mi alma quedara en calma a tu lado.

Poema reina de la noche

Por Keyla Mora Diaz

Allí estabas, lánguida, escuálida, pálida, deambulando, buscando el amor que te condenó a tan oscura primavera, silenciando tu voz, zumbándote la soledad.

Arrastras tu mejor vestido pegado a tus fríos huesos y tu aroma sepulcral no se calma.

El mundo duerme, pero tu bailaras sin cesar con el llanto de las lágrimas perdidas y te abrazarás con sábanas blancas que nunca se usarán.

Comandas por silenciosos túneles a quien encuentras, tratando de mitigar los siniestros besos que regalas por doquier.

Oh reina de la noche, lánguida, escuálida y pálida de corazón egoísta, te llevaste tu amor a escondidas, se te perdió entre tus túneles, lo buscas bajo los fríos maquillajes y los cálidos sarcófagos se volvieron tu refugio para sollozar por tu amor perdido.

Adonis de los huesos

Por Keyla Mora Diaz

Doncella del más allá con tu lúgubre andar derrochas melancolía.

Cuánta soledad hay en ti, nadie ha visto el encantador misterio de tu rostro más de una vez, condenada a estar lejos de tu pariente, la más hermosa y querida por todos, mientras tú estás confinada y amada por la tristeza.

Naturalmente viajas ayer, hoy y siempre, nadie se oculta de ti, todos sucumben ante tu encanto, quién puede contenerse a tu aliento.

Adonis de los huesos, de frío refugio, se murmura sobre ti, pero tú los ignoras y paseas por las calles de la soledad con tu magnífica gracia.

Libertad siniestra

Por Keyla Mora Diaz

Libérame, socorre mí angustia, imagino un poco el rocío en mí cara cada vez que siento mis lágrimas, el sol y la luna se olvidan de mí, ¿cuánta vida debo tener para que desees mí compañía? ¿Acaso te jubilaste de verdugo?

Mí puerta te da la bienvenida, aun así, te has ocultado de mí.

Mí carne en cada ocaso pierde su esplendor, ya no ufanas de mi esbeltez, solo queda mi alma cautiva en este cuerpo decadente.

Cada paso lo has visto a través de mis ojos, solo quiero volar para tener la libertad que me han robado las sábanas, llévame a tu morada.

Mis recuerdos van y vienen, como el día y la noche, yo deliro con mí juventud perdida que quiere caminar a tu luz para liberar mi angustia y volar sin prisa a tu regazo.

No me sigas ignorando, tu reflejo está en mí espejo, solo tú estás allí, recuerda cuando tú me observabas.

Llévame, déjame volar a tus siniestros brazos y no rechaces mí voz desesperada entre tanto silencio.

Libérame...

Desasosiego

Por Valeria Mosquera Osorio

Cuando duermo aparece la muerte.

Me posee con los ojos entreabiertos,

le cuesta calentar este cuerpo

y los huesos no hallan su lugar.

El cuello se sumerge en el dolor,

la espalda rota deja al aire mis anhelos,

se infiltran alaridos huecos

y la única fuerza desmedida

es la sed inalcanzable de llorar.

Entonces, mis manos intentan asesinar

al primer hombre que aparezca

al abrir los ojos.

Cuando despierto lucho contra mi vida estando en vida

y el aire se vuelve un torbellino tembloroso.

Tanto pesa vivir que me cuesta caminar,

¡Ah! Pero mientras duermo

mis piernas no dejan de golpear.

Así es la muerte: similar al sueño,

más inquieta que la vida y la voluntad.

Soliloquio

Por Valeria Mosquera Osorio

Reposaba frente a la cama

como una roca tallada por el agua.

Dentro de su pecho el alma

y como un intrépido lago,

dentro de su quietud, la vida.

El día y la noche se reducían a una gota de sol.

Mis temblorosas manos lo elevaron.

Mi mirada tocó sus ojos

donde se retrataba un rostro

desbordado en pena frívola y leal.

Era el reflejo de un corazón

que respiraba arrugado e irreal.

Real se quebró, y en sus venas

la maldición se consagró.

Él ya no era uno, ni dos,

se repartía sobre el suelo en minúsculos cristales.

Era mi vigor contra todos

aunque el mordaz brillo alumbraba mis males

¿Era la belleza culpable de romper cada borde?

Vivos y sedientos tumbaron mi garganta.

Tentaron el silencio.

No había voz que proclamara amor,

no había voz que rompiera conjeturas,

no había voz que ahuyentara sombras.

¿Era la miseria el impulso de sus desgarradoras tentaciones?

Antes, este mundo parecía distinto:

la ilusión de unos ojos frente a otros,

el dolor con alas de tez plata.

Ahora, este mundo es el mismo:

Diáfano sin remordimientos

que me corta las palabras,

e inerte

que me libra del mañana.

Hermanas

Por Valeria Mosquera Osorio

La eternidad aparece cuando usted se deshoja

hora tras hora

asfixiado por el cansancio y la derrota.

Aparece cuando sus lágrimas carcomen el asfalto,

cuando se resigna a no pedir una mano,

cuando la búsqueda implacable de la razón

se ahoga en llanto.

Cuando usted muere en un incrédulo corazón.

La eternidad aparece cuando su hermana

deja de insistir en sentarse a un costado,

y se queda sin palabras.

Ella recoge todo,

y le deja sin nada.

La eternidad aparece cuando la muerte

se tiende bajo el mundo,

y desdibujada se marcha

sin dejar vestigios de lo que algún día fue.

Aparece cuando muere usted,

y miserablemente, su noble corazón.

Precedente

Por Valeria Mosquera Osorio

La vi con ojos lentos

atravesando mis dedos

sin presentarse impaciente,

sin pretender estar en vela

en esta agotada selva.

Enferma

en este suelo sin tierra,

desolado

y sediento.

La he visto pequeña en el espacio negro

dar un golpe fuerte

y un chillido desierto.

Me deja sola en el mundo

como un animal enjaulado

que no logra buscar

ni su propio alimento,

me deja aislada del mundo

para confirmarme que es real

el viaje hacia su encuentro.

Condena: deceso natural

Por Valentina González Beltrán

He perdido. He partido

¿Qué es? acaso la única forma para valorar otras formas de vida

el recuerdo,

el rencor.

Es como se nos envenenan los labios al pronunciar la muerte como
ladrona de respiros

La muerte (no) es humana

La muerte (no) es vida

La muerte (no) es camino y transición

La muerte es fe para la vida

¿Qué acaso uno nunca pierde?

Perder no es perder si viene la muerte de la mano.

Tan sutil dama con pura piel

Ella es una mujer

Caprichosa mujer que se baña en la orilla de la única ribera al final
del

tiempo.

Aquella que colinda con las borrosas fronteras de tan desconocida
libertad

vive en el dilema de un mortal,

entre los pensamientos y su respiro.

Dormita entre almas, espera paciente un atrevimiento, alguien que busqué tomarle de la mano.

Es la vida vista y dividida, perdida entre vicisitudes

Entre todo la muerte, es.

Es la construcción de un refugio alejado de la crueldad de los que viven

entre columnas de concreto.

Ella es mujer de todo hombre.

Ella es hermana hilandera que se viste de mortal para pasearse tranquila

junto a los que ya no le brindan compañía.

Lucha como fuerza que equilibra la entereza fatigada de humanos,

(Soy víctima de la esplendidez que refleja mi fragilidad)

Que frágil se siente ser y morir.

Intercambiar la vida por la compañía de la muerte.

Beber de copas el veneno del que se impregnan las vendas de nuestra

hermana, néctar que hace hervir de odio y amor a las almas más puras,

a animales orgánicos y de volátil existencia.

Que la muerte no es muerte sin nosotros.

Sin nuestra vida,

la vida que le damos.

— La vida cae a pedazos si se halla sin su fiel compañera que la espera al final del tiempo.

La muerte es simple, perseverante.

La muerte lo espera todo y se ampara en lo auténtico.

Ella vive en las sombras de la luz roja que detiene los coches en la carretera

y esculpe

caminos en rutas que llevan al norte del tiempo.

Sigilosa entre los patios del hombre. Observa mientras él se debate entre la

altura y el

atisbo del calor en el averno.

Que la muerte es múltiple.

Fuego para el vivo.

Camino para aquel que entre su coche se estanca en el tráfico que dista del tiempo y las piernas no le sirven para caminar al paso del reloj.

La muerte es poderosa. Transmuta vida en historias que se pudren en hilos rotos contra el viento.

La muerte es la perspicacia que muere al hombre que corre descalzo entre campiñas.

Jugando nace el contraste

del que pide y el que no quiere recibir

que en medio de todo

lo onírico de la muerte radica en su incomprensión.

En la frivolidad que la envuelve y la imperfección de la que la hemos hecho parte.

La muerte es hipócrita.

A la muerte la hemos ofendido.

La muerte está en todo, y su palabra vive latente en las entrañas de los que ganan quemando sus manos de mal.

Los que han quebrado su espalda y doblado rodilla para

ver morir a otros.

Aquellos que hasta la empatía pierden.

La muerte crece en nosotros, en los hombres que han escrito su nombre en linos y sedas que apuestan sin voz al porvenir ahogado de la incertidumbre y pureza vendida

peso por peso a negociantes con garras en la cartera y sin rostro para el nombre.

La muerte es vida en medio del fuego que arde en el mundo

La muerte es paciente, decidida.

Ella no anda con rodeos,

mucho menos va con prisa.

La muerte es prisionera en los ojos de un hombre que aguarda para salir a tomar el sol en la plaza de su pueblo.

Es una piedra preciosa que brilla al orbe con ímpetu. Sigilosa aprende de la salvaje experiencia de trasegar en las orillas del Aqueronte mundano.

La muerte es la savia del árbol que resbala entre sus ramas y mancha a la progenie bendita.

Es el soneto inmortal que perdura en la memoria de los hombres.

La mancha vuelta arte que no palidece con el avance calmo y constante del tiempo entre sus dulces hilos de piel.

La muerte es arte y oposición

¡Que por eternas generaciones se de crédito a la crónica que todo regenera!

Al justo medio

A la que sigilosa envuelve al silencio, a la piedad que vive en todo

Que reposa sus alas recostada en las cornisas de los viejos pueblos

Al grito que se entona desde las entrañas de la tierra

Al eterno que no perdona a nadie

Y al elixir puro, que es inverosímil también.

Delirante: post mortem

Por Valentina González Beltrán

Prisionera en los ojos de un hombre que aguarda para salir a tomar el sol en la plaza de su pueblo.

Piedra preciosa que brilla al orbe con ímpetu. Sigilosa aprende de la salvaje experiencia de trasegar en las orillas del Aqueronte mundano.

Savia del árbol que resbala entre sus ramas y mancha a la progenie bendita, es el soneto inmortal que perdura en la memoria de los hombres.

La mancha vuelta arte que no palidece con el avance calmo y constante del tiempo entre sus dulces hilos de piel que se tornan en rizos sobre la cara de las mujeres que se duermen en medio del ocaso.

La mujer de todo hombre, amante que vive escondida entre sombreros y cigarros de hombres de tierras olvidadas. De almas que corren kilómetros para no olvidar.

Atardece con parejas que pasean en medio de las brisas del parque central. Muere con la vida que duerme entre piedras, ríos y nombres perdidos entre gritos que revolotean entre lápidas y cristal.

Duerme junto a los cadáveres que descansan a sus anchas bajo flores y madera, que se pudren en camas húmedas y bajo fría tierra que nubla recuerdos y niega el pesar.

Lleva de la mano a los ancianos que a solas se levantan.
Pone su cálido manto como cobija en los hombros que se asoman por ventanas y cocinas.

Cocinas que sirven solo un plato y se cierran en puertas con llanto y recuerdo por temor.

Acaricia las arrugas que bordean los finos trazos de la boca de quien ya casi no habla y respira lento. Ella es paciente, está para acompañar.

Sutil dama con pura piel que gusta de pasearse entre pensamientos y brumas ajenas. Les gusta buscar en palabras perdidas, entre versos que se arrancan del papel, entre musas que encontraron alguna vez destino en las huellas de eternos amantes y ahora se refugian en las profundidades del corazón, envueltos en añoranza y pena.

Pasean junto a las candentes noches de pasión y desvelo.

Han pasado por un gran abismo de bruma y tiempo, a través de una puerta que vuelve, los que viven en el intercambio de vida por vida y dan ojos y corazón para crecer hijos y nietos y sembrar semillas en un árbol que no tiene fin y esperar cuidadores de fe que vivan con pasión y plena vida.

Junto a los que el cabello ya les cae como un río que corre en hilos de plata, ríos salvajes que se encausan a la curva desecha de la cintura por la montaña construida por los años que desciende en la espalda de quien ya guarda sus alas en un cajón de cristal.

Una vez dormido el día, guía de la mano a miles que han sido encontrados por su dulce voz y han encontrado mansos sueños que sirven de ruta al infinito nocivo que nadie conoce y pocos se dice que lo han visto.

Al final de la noche, ella es fiel compañera del tiempo y atractivo centinela en el descanso eterno al que son llamados los que terminan con sus tareas (antes o a tiempo). Para los que ya se ha dispuesto copa en el coctel de los que parten en otras rutas de dirección desconocida.

Tranquilo, apagué mi farol, me habitué a la oscuridad, me dispuse bajo las cobijas de mi cama y clausuré mi vista al horizonte. Desde allí, fui a dormir un sueño intenso del que no desperté jamás. Es cierto, ni en tiempo, ni en vida, ya no estorbo, ya no preocupo más.

¡Que por eternas generaciones se de crédito a la crónica que todo regenera!

Al justo medio

A la que sigilosa envuelve al silencio, a la piedad que vive en todo.

Que reposa sus alas recostada en las cornisas de los viejos pueblos al grito que se entona desde las entrañas de la tierra,

al eterno que no perdona a nadie

y al elixir puro, que es inverosímil también.

Cuando ya no esté

Por Rafael Galeano

Cuando ya no esté, cuando me haya ido,

no quedarás tú sola, pero estarás sin mí,

sin ese aquel que tanto te ha querido.

Se anudará tu pecho, se nublará tu vida,

y sentirás tal vez, tu corazón dolido.

Como ágil gaviota que regresa al nido,

a ti, volverá el recuerdo de las horas bellas

que en el pasado hemos vivido.

Sentada en tu sofá tomándote un café,

con nostálgica sonrisa recordarás

el primer beso, dónde fue

y aquel te quiero que suspiré en tu oído.

Pero al pasar los días, sanarás tu duelo,

en alguien cerca tuyo encontrarás consuelo

y veras que la cura a todo mal la tiene el tiempo.

Entonces, ese aquel que tanto te ha querido,

así lo quiera poco, sentirá por ti lo que es olvido.

Sin embargo, yo llevaré entre mi equipaje,

dobladito y bien guardado para que no se aje

lo mejor de tu recuerdo,

y también todo lo bueno que me has dado.

Al llegar el día que sea tu partida,

cuando te marches al lugar donde yo he ido,

aunque no tengamos cuerpo tendremos otra vida.

Y si el azar de nuevo nos encuentra,

así de mí no lleves nada, podrás saber quién soy,

sí al mirar como te miro, te vuelves a sentir amada.

El funeral

Por Rafael Galeano

En una tarde que vistió de luto,

cerró ventanas y pintó de gris,

sin remedio el día sabe que

ha llegado su fin.

El llanto que derrama el cielo,

ha hecho más triste el funeral,

y mi llanto con la lluvia

salina mezcla que al rodar,

ha formado un charco

de dolor ha hecho un mar.

Sus amigos y parientes

vestidos de tristeza,

muralla de dolientes

de hierro fortaleza,

uno a uno le hacen guardia,

uno a uno va y le reza.

Un cirio y una biblia,

un Cristo y una flor

y al centro en una urna,

las cenizas de mi amor.

Como flechas clavadas en mi cuerpo,

siento las miradas que me lanzan con recelo,

pero mío es también el duelo

y más aún la pena,

porque ella siendo ajena

no fue mío su último momento.

Sus pálidas mejillas,

sus labios sin color

y el frío de su cuerpo

esperaron inútilmente

mi presencia y mi calor.

Por eso, como fuego es el tormento,

nube de arena entre mis ojos;

el amor que ayer nos dimos

hoy ya solo son despojos.

Ayer reía por tenerla viva,

hoy, la amo sí, pero la lloro

por tenerla muerta.

Ya nunca volverá a mi puerta,

ya nunca escucharé su voz.

¿Qué voy a hacer ahora?

¡Por favor dímelo, DIOS!

Eternidad

Por Mariana Naranjo

Hoy me enteré que la muerte

está irremediablemente sola;

lo supe cuando mis luceros

la vieron bailando un tango triste

bajo las lluvias de abril.

Noté de pronto que sus pasos

estaban condenados a ahuyentar

de por vida a los más cuerdos

pero a enamorar perdidamente a los más locos.

La muerte está extrañamente sola;

lo supe cuando vi a aquel hombre muerto que nadie lloraba

lo supe cuando descubrí en el rostro de los pueblos

la desolación y el miedo que guarda el luto.

En el canto de los pájaros enjaulados vislumbre

el presagio de una muerte lenta

y en los anhelos del alma suicida

los afanes incontenibles de la muerte inmediata.

Las pretensiones de la muerte me son aún desconocidas,

nunca antes mi vida había sucumbido

bajo la tentación de sus encantos

pero sin querer morirme

de pronto las rosas de mi jardín

sangraron rojo bermejo.

Los pasos de la muerte son silenciosos e implacables

cuesta un poco darse cuenta

cuando los arreboles van perdiendo sus colores

y a los ojos les pesa el parpadeo.

Yo no espero que la muerte me recuerde

pero confieso que su presencia no me espanta

sé que un día bailaré con ella bajo el silencio del ocaso

y el fuego de la eternidad nos envolverá en sus llamas.

El ahorcado

Por Julieth Lara P.

En este círculo se castiga la culpa de la envidia;
pero las cuerdas del azote son movidas por el amor.
Dante Alighieri

Pocos se han enamorado de ella

aunque no la conocen,

es realmente bella y sutil.

No le gustan las rosas

prefiere los poemas

su favorito es la divina comedia.

Tampoco le gusta el chocolate,

prefiere un vino a la luz de la luna,

es una dama bohemia

Una compañía singular

seduce a sus amantes

y los envuelve en un maniático amor.

Cautivados por este frenesí

deciden ir a verla

mueren de ganas por conocerla

Solo basta la insensatez

de este delirante idilio

y el desespero de un endeble corazón

Para amarrar la vida

y en un nudo suicida

aventarse a la muerte.

El ciclo de la muerte
Quiero morir

Por Silvia Miranda

Quiero morir al apego

y al deseo de tener lo que no puedo,

quiero que perezcan todas las penas del mundo,

que se ahoguen en el río de la dicha

la injusticia y la crueldad,

que sucumban ante el gozo la miseria y la pobreza

y que se inunde la tierra con caudales de bondad.

Quiero acribillar cruelmente el egoísmo de la gente

y que la sangre abone en sus almas

el respeto y la igualdad,

quiero arrancar los juicios

y las etiquetas que dividen al hombre

y sembrar en su lugar girasoles de esperanza.

 Que un diluvio de amor sin precedente

arrase todo el odio, la rabia, la maldad;

y que los corazones renovados se precipiten

en regocijo, ternura, tolerancia y equidad.

Quiero ver a Keres, Anubis,

Osiris, Hades, Tánatos y Plutón

cenando en la misma mesa,

celebrando la vida y brindando por la creación,

devorando los platillos del miedo,

la enfermedad y la pobreza

bebiendo sorbo a sorbo el vino de la envidia,

los celos y la traición.

¿Quiero morir?

¡Sí! quiero morir cada día,

a todo lo que impide a la vida ser feliz.

Tú te llevas la mejor parte

Por Silvia Miranda

Vida

tú te llevas la mejor parte,

bajo tu sombra todos quieren reposar

te cuidan, te podan, te consienten

te riegan de buenos momentos y de placeres.

Se esmeran por rodearte de amor y de alegrías,

para que te enraíces, crezcas, te ensanches, te conserves.

Pero nadie bajo el manto de la muerte quiere dormir,

y tú tienes la culpa por llevarte la mejor parte,

por ocultar obstinada tu otra cara, tu otra fase,

por olvidar a propósito al momento de nacer

la belleza sempiterna que esconde la muerte también.

Todo siempre tiene dos caras, lo bueno, lo malo

la verdad y la ficción, el día, la noche,

arriba, abajo, la alegría y el dolor.

La muerte es a la vida lo que el alma es al cuerpo,

la parte más sublime siempre tiene más valor.

Pero insistes en ignorarme vida,

y ríes y corres y te elevas con embriaguez

como cometa fugaz.

Mientras yo, tu hermana, la muerte,

calmada y segura te observo

y te espero pacientemente
en los albores de la infinitud.

Los niños del hambre

Por Silvia Miranda

New Delhi 2016, Guajira 2018, Aswan 2020.

Una pequeña mano sucia y áspera halaba mi falda,

mis oídos escuchaban voces inentendibles

en un tono bajo y ensordecedor;

eran alguna palabras desesperadas

que se escapaban de unos labios áridos de amor,

era el triste rostro del hambre plasmado en un niño

que buscaba con insistencia mi atención.

Sentí unos pequeños dedos que se aferraban a mi mano,

bajé mis ojos

y una profunda mirada mi espíritu deslumbró;

pude ver diáfana y claramente,

mi alma en aquel silencio, todo lo comprendió.

Entendió con detalles el mensaje de sus ojos,

entendió sin palabra, sin señas, sin traductor.

Esa fue la primera vez que la vi,

perdida en las partículas de polvo de aquel rostro,

suspendida en la suciedad de los harapos

que cubrían aquella piel,

escondida entre lágrimas negras y legañas blancas,

encubierta en esos ojos que con asombro

escudriñaban cada ápice de mi ser.

El sufrimiento saludaba

a través de las grietas de aquel semblante

el hambre impaciente dibujaba en su rostro

mapas de desesperanza y temor,

la inocencia abría camino

buscando escaparse en una sonrisa,

pero se ahogaba al subir por la empinada gruta del dolor.

La vi por primera vez en Asia,

luego en América, en África

luego la vi en todas partes,

siempre escondida en los rostros del hambre,

haciendo todo para ocultarse

pero a pesar de su afán ya la había visto,

y no volvería a ser indiferente para mí.

Era la chispa de la esperanza luchando por no morir

era la vida aferrada a un hilo de valor

era la fuerza del espíritu indomable

que se negaba a sucumbir ante el dolor.

Eran los sueños de los niños del hambre

que inocentes se negaban a morir sin ilusión.

El ciclo de la muerte

Por Silvia Miranda

Universo que vibras todo el tiempo

emitiendo la dulce música del infinito,

vibras con tanta fuerza que agitas mi corazón

y musita latidos en perfecto acorde,

pálpitos de tu espíritu que esconden magia y amor.

Borrascas y serenidades se abrazan,

picos y altibajos desde el alba hasta el ocaso,

ondas hilvanando materia, hilvanando vida,

eufonía perfecta que activa la rueda de la creación.

Movimiento constante que hace todo inestable,

se sube, se baja, se sueña, se despierta;

un punto, un espacio, un cambio,

un agua nueva que beber.

Sólo la muerte parece lineal,

incierta ilusión que se esfuma

cuando el hombre descubre en su lecho

que ella no es el final, que tan solo es un movimiento,

otro cambio, un avance, el momento de virar,

hasta la muerte se cansa de serlo,

y como oruga se echa a volar

porque la muerte se viste de vida,

cuando la rueda vuelve a rodar.

El momento ha llegado

Por Silvia Miranda

Un aliento eterno me irrumpió aquella noche,

mi mundo quebradizo falló,

sentí cerca la fría caricia de sus manos.

Sus ojos penetrantes irrumpieron mi ser.

como un crío, el miedo se anidó en mi pecho

indefenso ante su ímpetu, mi alma solo pudo temblar

y he cedido ante su fuerza, me he postrado ante su altar.

Desde siempre me ha llamado,

desde siempre sin buscarle le he encontrado,

le he visto en el ocaso que da muerte al bello día,

en el final de la noche que agoniza en la mañana,

en las lágrimas suicidas que saltan de mis ojos,

en las gotas de gozo que se ahogan

en el caudal de mi dolor.

Y finalmente había llegado, visitante indeseado,

elegante, sobrio, ha tomado sin permiso mi frágil mano,

me ha dado el impávido beso del adiós.

¡Sublime instante

cuando la muerte penetra la vida y la preña!

y en los sueños de Dios se concibe de nuevo la creación.

Pero callas, simplemente callas

Por Silvia Miranda

Diáfana e imperturbable me observas,

me esperas pacientemente

tras esa delgada línea que te separa de mi realidad.

Como un cazador a su presa me acechas,

analizas mi marcha, conoces cada cicatriz, cada error,

escuchas en mi mente las dudas de mi existencia,

te ríes en silencio,

conoces las respuestas, conoces el final,

has pisado mi camino tantas veces;

pero callas, solamente callas,

callas y esperas con paciencia el momento de surgir.

Me acompañas incorpórea desde mi concepción,

conoces de ante mano donde he de tropezar.

Fluctúas en escenarios tan opuestos y cercanos,

que nunca he sabido con certeza

dónde comienza el inicio, dónde termina el final,

¡eterna compañera la muerte, amada vida fugaz!

Agorera inescrutable, mi último suspiro es la llave

que abre la puerta donde con sigilo escondes

tu secreto, tu verdad;

y sales ágilmente como un destello inalcanzable

a perderte en las aguas turbias de la eternidad.

El silencio devora el tácito grito de la muerte,
y callas… simplemente vuelves a callar.

Otra ilusión

Por Silvia Miranda

La muerte como el tiempo es solo otra ilusión.

Una línea divisoria entre la vida y la eternidad,

un punto explosivo que detona la materia

y crea mendrugos y recuerdos,

un antes y un después,

recuerdos que nacen y se destruyen cada instante

y que se plasman en el lienzo efímero

de la incertidumbre.

Muere el segundo, la hora, el día,

muere el pasado, el presente, mueres tú, muero yo,

retazos suspendidos que se buscan en el tiempo

hasta converger de nuevo en un ahora,

un suspiro, el latido de un corazón.

Vida, flor de la muerte,

germinas en cementerios llenos de huesos

que algún día se cubrieron de vanidad y esplendor,

bellezas que hoy espantan, hieden,

son alimento del gusano,

ese pequeño compañero que en tu auge

olvidaste y aplastaste.

Sólo la muerte es capaz de equilibrar la balanza:

por la vaca que despedazaste en tu cena,

por el pájaro que encerraste,

por el pez y las mosca que mataste.

Es tan insignificante la vida, es tan efímero el hoy,

inevitable es el cambio que reduce todo a nada,

bajo el sabio manto de la muerte

que recoge con intereses lo que un día prestó,

que se muestra tan real siendo solo una ilusión.

La muerte de un amor

Por Silvia Miranda

Una vez más

desnudos en la necrópolis blanca de mi alcoba,

te contemplo cual sarcófago vacío ante mí,

y me aferro a tu cuerpo para no perderte.

Con voz taciturna musitas a mí oído que no me amas,

pero los pinceles que escondes en tus dedos,

insisten en dibujar una obra viva en mi piel.

Tu lengua meliflua engendra vida

y resucita poco a poco

los capullos más dormidos de mi ser.

Y en una mezcla mística de placer y martirio,

me derrito fogosa en la frialdad de tu voz,

"Despierta, que es solo sexo" susurras a mi oído para

traer al presente que tu amor ya no existe,

que ahora es solo un fantasma,

que hace tiempo murió.

Olor a sábanas matizadas en lujuria,

sudor de placer,

lágrimas ocultas en medio del silencio fúnebre del dolor,

mi cuerpo extasiado y embriagado reposa en aquel lecho

y explota tiernamente en azucenas mágicas de algodón.

Amor que murió hace años y no logra descansar

y se aferra solo a un cuerpo creyendo que lo que fue,

es y será.

Suicidio

Por Silvia Miranda

Recorría caminos sobrios de melancolía y soledad,

mi fiel amante, mi amiga, mi eterna compañera

caminaba a mi lado tácita, serena e imperturbable,

me recordaba en silencio cada noche

lo placentero que era dormir en sus brazos.

Los hipogrifos que descendían del cielo

llevaban alas negras y pesadas,

y aleteaban frente a mí salpicándome de vergüenza;

el silbido agudo del viento pronunció mi nombre,

me llamó con denuedo e insistencia

y me invitó a sentarme junto a él en el abismo.

Allí mi leal amiga, el silbido y yo nos abrazamos.

No hubo discursos audibles en aquel raro ritual,

todo pasó en un instante o quizás una eternidad.

El silbido se hizo apacible, cálido y finalmente cesó,

el vacío del abismo se hizo frío y empezó a cantar,

mi amiga, mi leal amante, mi compañera

me abrazó fuertemente

y tomando mi mano me invitó a danzar.

Y danzamos libremente sobre el abismo

y nos fundimos en el vacío con el silbido que cesó.

Carta de la muerte a su amada

Por Silvia Miranda

Amada, en este abrazo de muerte que te doy

están contenidos todos los besos,

todas las caricias y miradas,

todos los suspiros y las lágrimas.

En este abrazo etéreo que te doy,

está implícito el día en que el universo se hizo universo,

y la noche, en que la eternidad cansada de serlo,

llegó al final de los tiempo en busca de alivio

y encontró una cascada de vacío

que caía impetuosa a la nada,

pero el descanso que buscaba no lo halló.

En este frío abrazo está toda la vida fundida,

toda la poesía y toda la pasión;

están los sueños elevados al viento,

los caminos que se bifurcan,

el destino que paso tan cerca, pero que solo pasó.

Siente infinito que te ofrezco y encuentra los tesoros

porque en algún lugar de este abrazo de muerte

que contiene todo,

están furtivos los secretos, las preguntas, las respuestas

y también el manuscrito inconcluso de tu creación.

Es un libro viejo y roído por los años

que está esperando impaciente que cese este gran abrazo,

para pasar la página y sellar otro capítulo

de la historia que se escribe eternamente.

Y que al soltar mis brazos el tiempo parpadeé

y renazcas otra vez entre caminos e historias;

y que la pluma del destino se deslice y acaricie

las páginas blancas que esperan hierofantes de utopía.

Hasta que llegue una vez más el momento,

el momento del abrazo de la muerte que contiene todo,

y que hoy como ha sido siempre, te lo doy.

Versos sarcófagos

Por Darwin Josué Meléndez Cox

I

Su rostro indefinible supo de las veces
que me extravié en sus ojos. Ya no
habrá olor fresco que perfume mi
contacto con su mirar encendido.
La melancolía aprisiona mi alma en sus soledades;
aquí no hay nadie. Enlutado quisiera poder besar
sus recuerdos muertos.

II

Resplandece de azul la noche llena de estrellas que
incendian el cielo. Incandescentes, sucumben ante el
frío oscuro del más allá; su desenlace de infinita
elocuencia habla de días fugaces, vidas que fueron y
muertes vespertinas; almas fugitivas extinguidas para
siempre.

III

El viejo farol aprisiona las
chispas de extinta luz.
Adormecen las pupilas frágiles, hundidas
en otras épocas; sonámbulas y
expectantes del sueño sempiterno.

IV

Cajón sombrío, inerte,

entrecerrado y gris; donde vibran

los candiles mudos que,

atestiguan el muerto resonar de

los vestigios que serán.

V

Pálido mármol que expresa el vacío.

Sobre la tumba, el eco ronco de la

piedra muda. Las inocencias merman;

tapado está el pozo donde titila un

cuerpo que fue.

VI

En el cementerio ciñe sus brazos el hombre

que camina solo. Bajo la lluvia lo eclipsan,

su cuerpo flaco y mondo; lo delatan sus

teñidas manos, al alba de féretros y flores.

VII

Se escurre el negro luto entre las aguas

sarcófagas. Oscuras, destiñen las

almas peregrinas: se abrazan todas en

un nicho blanco.

VIII

Cubre la
argamasa el cuerpo
infatigable del
hombre invicto.
No puede perder: está muerto.
Los eternos eclipses adornan sus victorias.

IX

Trazos grises de agitada brisa adornan
nuestra felicidad superflua, hablan de
crepúsculos en soledad; muerto ya
nuestro pasado, ahora es epifanía de
póstumas citas.

X

Aniquilados los idilios de los que daban rojos
besos; besos ardientes, acaso efímeros.
Jóvenes, ebrios de excesos de eternidad junta
a la vana esperanza que nunca avisó de las
vorágines de la muerte.

XI

Las alas de las libélulas refractan metalizadas,
van y vienen cual hojas escarlatas. En su
vagabundo vuelo y poseídas por su voraz
apetito, besan los féretros escondidos,
podridos en sus silencios y sus fantasmas.

XII

Cordilleras caídas, entrecruzadas bajo el
estampido sordo de hojas mustias;
parsimoniosas y solitarias, emanaban
fragancias azuladas del muerto reconciliado
con su soledad.

XIII

El piano gris de notas oscuras,
emana sus bramidos sordos; se oyen
años de luchas perdidas en cegueras:
las miradas apagadas, los suspiros
súbitos, los cuerpos marchitos y la
muerte que los unió a todos en cruel
tesitura.

XIV

La pena tediosa que los muertos al
ataúd se llevan. Conciencias
arrebol. Incapaces de olvido
culpas llenas en manos vacías:
inánimes manos que cargan culpas huecas.

XV

La muerte golpea las rojas noches de
abril y con ello el ataúd. Fenecen los matices

purpúreos. Las almas oxidadas se
perciben aniquiladas, resplandecen en
febril iridiscencia.

XVI

Agitada sombra de remotas
experiencias, recibe aromas
del abril rojo que emanan los
peregrinos taciturnos.

XVII

Centauros negros y uniformes cabalgan
sonoros: su misión de muerte
trompetean con banderas al viento.
Domados sucumben al opaco llano del
muerto vergel.

XVIII

Cantan en el cementerio las copas
de árboles atalayas. Las alumbran
ásperas llamas de vida y muerte.
Lleva el viento frío el silbido de
las almas cansadas.

XIX

Incapaces de pronosticar el

duelo, gimen.

Deslíen en tristeza y sus manos agitan, en

las tumbas, cuerpos sin vida en ellos. En

las calles de piedra, la melancolía colosal

se juntaba en luto tumulto.

XX

Los campesinos rostros fúnebres caminan

extenuados el bosque de tizones cenizos.

Otra yerba renace. Genésicas flores, que

dejarán los restos del muerto samaritano.

XXI

La madre gime al letargo de lágrimas espesas en

su áspera piel. Los recuerdos de su hijo en las

escenas verdáceas de borroso margen. Su luto es

nocturno.

XXII

La vida es el pasaje del hombre pálido,

acompañado de nueva vida; la muerte sola y

el muerto, peregrinan acompañados: un

temblor frío y el miedo les resguardan.

XXIII

La vida que era certidumbre,

entrometida en los sueños que todos los

mortales alguna vez anhelábamos ser,

despintan en pieles mortuorias. Los

paños les forran, los años les duelen.

XXIV

Brota del destierro el fresco féretro,

viejo alojamiento, muerto dilapidado;

su tez velada se apila en todas partes, en

lo prolífico, su inmovilidad el

purgatorio: su muerte perpetua.

XXV

El tiempo corre al compás de

sus intrépidos segundos. Ya

no es arena el tiempo, ni

polvos sus segundos; corre

apresurada a lo desconocido:

ni la brusca muerte le obliga a detenerse.

XXVI

Los libros que resguardan los segundos

apilados en polvosos estantes. Dicen de

errores, soledades e imposibles; las

vidas atrasadas que nunca fueron. Los

retrasos que olvidaron que tuvieron

tiempo y que radicalmente sucumbieron

a la duda e incertidumbre.

XXVII

No hay compromiso que

abrigue el afuero de letras

muertas. Imaginar, dentro de lo

posible, aquel bosque de miedos

al que sucumbieron los

compromisos de vida ajenas a

nuestras sentencias de muerte.

En el bosque las hojas caen, cuántas millas

habrán viajado ya.

XXVIII

El espanto de lo viejo y sonoro en

las impacientes vidas, en las ideas

mustias hundidas en tierra.

Mortales libres y sus sombras ¿Qué

nombre tienen los hombres

anónimos que caminan el pálido

asfalto?

XXIX

Duele el sol que muere tras
nubarrones vástagos. Todos
los logros del hombre se
apilan de polvo a polvo;
nada le puede proteger de su
sello indeleble. Sobre él se
alegran los tallos: se nutren
sus raíces vedadas.

XXX

La vida que hoy pasa entre
susurros y orgullos, rumores
discretos y el profundo
remordimiento del alma en
ruinas; en vano se esfuerza en
disminuir el terror, y el horror
hacia el centinela que a la muerte
escolta. Será vida de volátiles
memorias, de los que murieron
antes y que la nada abrazó
inconsciente.

XXXI

Las lecciones de las viejas palabras de
voces ásperas y extrañas. Como

saludan ante la muerte inminente los
aprendizajes que socavaron duda. ¡Los
horrores del alma, la tristeza inconclusa
y el miedo de vivir las enseñanzas que
nunca fueron!

XXXII

La extensión del amor dijo que a las
sombras se les hablaba. Ellas, en cambio,
nunca dijeron nada. No saben ya de los
hombres atemporales, de ésos ya no
vive alguno.

XXXIII

Lo solemne e inenarrable;
los conjuros mudos que
esperan ser hablados. Las
palabras de inmortalidad
que devienen a señales que
nunca son dichas: discursos
póstumos, discursos sin fin.

XXXIV

Tres fueron corriendo tras la
hora prófuga. Ha terminado la
prueba y la vida no tuvo índice,

ni guion. Los primeros
muertos fueron la esperanza de
la vida aquella que nos supo a
agua salada.

XXXV

Lo mismo que el dolor que abusa de su
instinto, lo absurdo oprime lo sumiso.
Los que despertaron a la dulce epifanía
no se descubrieron en paz, muertos ya,
no podían fruñir su entrecejo.

XXXVI

La culpa embellece y deshace
ambivalencias; incluso la
bonhomía del amor encierra
refugios de muerte. La culpa
devela la suma verdad: es ella
quien iguala a los muertos con
los que viven.

XXXVII

Rostros dispares de
cuerpos cenicientos;
decrece la opulencia.
Queda el olor árido que

delata lo bello que fue
perfecto y frágil.
Podredumbre estática del inmundo.

XXXVIII

Volviendo la mirada como antes, en el
lujo y la sensación de inmortalidad, el
alma enérgica se desentiende de las
palabras terminales. Caer muerto no es
un sentimiento visceral. Respiramos
con la certeza de que el aíre que nos
asfixia, siempre ha estado ahí.

XXXIX

Los conjurados cadáveres. La
vida interrumpida que no sabía
de fin. En el día de invierno los
caminos de nieve desvanecen
sin importancia, todos se afilan
conforme quieren. Cansados y
sintiendo frío, abrazan la muerte
con agrado.

XL

El oleaje en el silencio muere al
eco de los embates y sus voces.

Las almas se reponen, confusas.
Ya sin esperanza, sin fe alguna.
pretendían revelarse contra la muerte
y sus sometimientos.

XLI

A ella todos le huyen como pueblo
que no encuentra solemnes. El
barullo y confusión de la vida en
queja, perenne muere.
Perenne se aleja.

XLII

Qué hay de las historias compartidas
en ruedas, historias largas que no
ameritaban suspiros arrastrados de
una vida de enigmas: ellos siguen
narrando sus historias, sin ver quién
está al lado.

XLIII

¿A quiénes divierten las vueltas
ácratas que hacemos de una
vida sin historia? ¿Cómo
objetar? ¿Cómo evitar la fácil
comprensión disfrazada de

burla? Vidas sin contestación

¡las almas impacientes!

Crujen todas en cruel aspereza.

XLIV

Saberse concurrencia.

El miedo vibrante agita

el vuelo bajo, más bajo

que uno mismo.

Abatidos solos: rompemos a llorar.

Nacimos en gloria, morimos miseria.

XLV

Todo parece transformado por

las horas. Visión de cristal.

Presenciamos lo que hemos

buscado por todos lados: la

advertencia que nos hizo

imaginar la habitación de mi

podredumbre.

XLVI

El rodal en el espejo atestigua las

veces que dejó de crecer.

Liberado e insignificante, creció

más rápido de lo que quiso.

Nada puede el que es mayor ya.

Partidarios de no querer ser mayores nunca.

Sin saberlo, su deceso les confirió mayoría de edad.

XLVII

Pasa por la ventana aquel que

dio un débil chillido. Gritan las

voces del cuarto áureo. La voz

aquella, apenas retumba en la

ventana.

Los murmullos se apagan al silencio.

XLVIII

Escucharon el vocerío de la

gente atada al ataúd.

No resisten las cuerdas.

El estrépito es inevitable. Todos la

cargan, los pasos son estrechos. Ya

nadie está cerca de ella.

Su voz está sola, en silencio, en la caja.

XLIX

No se reanuda la vida sin remedio. Las

vidas se encogen si no cumplen la

expectación. La espesura de la existencia:

clara y sencilla.

L

Bruscos cambios mueven a gusto

el regocijo de los que en vida

vagan. La oportunista presteza

de la paz que suspira. Los

intentos de vida no nos

encuentran a salvo. En cada vida,

la muerte en ellas; atadas a sus

médulas más profundas.

LI

Libre se creía la invención negada que

no sabía de impaciencias. El reloj fija

en sí el segundo reanudado, y la arena

cuya libertad es el tiempo, nunca

obstruye su paso.

LII

Años de desvelo se apagan en dos segundos

o menos: los pensamientos cautelosos,

inalterables; la reverencia que teme

estúpidamente el ridículo; la bondad

imperturbable sin punto de reposo y la

mueca de vida y sus ocasos.

LIII

Perece la duda difuminada al

resonar de la razón de quien

esquiva sus miedos.

En la tumba esperan los sueños y angustias…

ella toda guarda de la vida su contestación.

LIV

Las circunstancias inefables de la

vida de los altos menosprecios,

pasaron a ser cuerpos incapaces de

conversación. Las preguntas

desconcertantes, no saben

responderlas almas que

languidecen.

LV

El tiempo distante, tan presente en las distancias

cardinales, nos permite apenas concebir la tumba

cual terruño de exánimes efervescencias.

LVI

Las vidas vividas en incesable prisa,

con cruel afán y cruel descuido,

apenas abrazan los extraños tratos

de felicidad para luego estirarse al

precipicio de la siesta perene.

LVII

Los ojos añoran los aspectos que
alguna vez tenían. El ojo viejo, el
viejo hombre y la nostalgia que junto
con ellos discierne en silencio. Los
años le pesan. Su oquedad en vida
abandona sus miserables ojos.

LVIII

Luz y sombras en armónica
hipomanía. Como la vida y la
muerte; cuyos compases no
sorprenden a la vida que se
difumina de súbito.

LIX

Ebrio de luz, la luminiscencia que titila se
opaca ante el cansancio de nuestros ojos.
Dormimos profundamente, adivinamos si
viviremos otro día; ni sabemos si respiramos
mientras dormimos.

LX

Cada suspiro de vida guarda su tiempo.
¿Cuándo será la hora precisa? ¿Qué
preguntas responderá el tiempo

incompasivo? Reñiremos, perdidos,
sabiendo que de todas las historias
que vivimos no nos llevaremos
ninguna.

LXI

En la sala de emergencias nunca
pudieron salvar una vida.
Prolongaron la muerte. Después de
mil ademanes, el alma dilatada
siempre se repatrió con un último
desaliento.

LXII

Vio a la mujer que su melancolía viajaba
meses atrás. En la más profunda de sus
miserias realmente quiso despedirse de
ella. Un último mimo acarició su cuerpo
frío y flácido. Ya no habrá besos cómplices
ni una vida que las recuerde.

LXIII

El sinsabor por nuestras limitaciones y escases.
Cómo evitar los efectos dramáticos del olvido, el
sacrificio y el desprecio del presente: la soledad.
Ojalá nunca empobrezca el tiempo nuestro futuro
de muerte.

LXIV

La incertidumbre de la última

vez que veremos al amado, sólo

aumenta el valor del gozo del

momento simple. La próxima

vez que los veamos, quizás

seremos otros renacidos, otros

etéreos.

LXV

La aurora del último día por vivir surca la

memoria que pronto será inconciencia.

La última luz, el último susurro.

Los pasos que cuentan las últimas huellas que serán.

LXVI

Muertas las etopeyas escritas de los

rostros que nunca volveremos a ver. A

casa volvemos; aventado sobre la mesa el

paño sucio que se desenreda, y en la

ventana cómplice, se dibuja un día

póstumo en vivo arrebol.

LXVII

Las peripecias y degastes de

la vida y sus serendipias

atadas a la nada latente: el

abrazo que lleva al eterno

conticinio

LXVIII

Muerte, preñada ella de

oportunidades

impostergables: la primera,

rendirnos.

LXIX

Miradas en lo alto, cansadas de resiliencia. Las

memorias y el significado que les añadieron, una a una

morirán. Estarán quizás presentes entre recuerdos de

gozo y lágrimas; incapaces ya de hablar y comunicar…

harán eco en otras vidas y otras muertes.

LXX

Se exhibió en años la vida que se

apagó. Víctima de la última cacería,

arrinconada en su sello indeleble;

aquel día era la muerte quien le daría

su beso más íntimo y definitivo.

El progreso y los Wayuu

Por Juan Manuel Pineda López

Cuando a los Wayuu los atravesó el tren del progreso,

decidieron suicidarse en masa

desde los techos de zinc de sus nuevas casas.

Techos calientes, pies derretidos,

encima de los hacinados chivos.

En fila india y con los chinchorros al hombro,

uno tras otro, tirándose de testa y sin ningún decoro,

entre maderos, cemento, hierros retorcidos,

incrustados en el desierto ahora vacío,

y el mar como único testigo.

Patria muerta

Por Julieth Garzón Castiblanco

I

El sol su esplendor mostraba

Imponente como faro en la noche,

Desgarrándose entre las nubes,

Su luz no era algún derroche;

Por sobre tejados pasaba,

Luz y sombra entremezcladas,

Otorgan tristeza disfrazada

De alegría con llama apagada.

Mostraban los rayos llanto,

Un grito silencioso de espanto;

Durante horas y horas

Observó desgarrarse mantos:

Mantos quebrados por balas,

Ojivas sin compasión tiradas,

Ya sea en gélido en la mañana,

En la tarde, el medio día

Hasta llegar la noche sin ganas.

Se encuentra rojo de enojo,

O ¿quizá tendrá un estorbo?,

Yo creo: estorbo es la sangre

La que hoy ya han derramado madres,

Madres en llanto tendidas

Por ver como ultrajan sus hijas,

Por ver sus muchachos mandados

A militar al monte obligados,

Sin disculpas,

Sin excusas,

Sin justificación valedera alguna,

Agregando a este hecho malévolo

El desmembramiento de esposos y padres

Con gaitas, cantos y bailes

Es un acto imputado a animales;

Seres tan solo irracionales;

¡de nuestra misma raza animales!

Esa madre bañada en sangre

Con el sol nos muestra su historia;

Cómo no puede decirse ¡gloria!

Porque animales quiebran memorias,

Arbitrariamente llegan,

Sin compasión a todos amedrentan,

Y los fugaces rayos del sol amarillo,

Con un rojo de luto, ellos,

Ensangrientan...

¡no llores, sol imponente!,

No es tu culpa la gente inconsciente,

Tu tan solo brindas tu luz

Ellos sus fechorías hacen inertes,

No la disfrutan haciendo el bien

Tan sólo la usan para convertirla en muerte;

Y te digo: no eres tú,

La luna esto también siente,

Cuando en su lapso de tiempo

Escucha balas, gritos…

Sangre ardiente.

Ella, luna en su palidez

También se tiñe de rojo,

Y no lo creas, no es su antojo

Es culpa de nuestros enojos,

Ya sea por una vil riña

Por la lucha absurda del día a día,

La luna en noche también la lleva

Y no te imaginas cuánto se lamenta

Viendo pasar caminando y armados

Los hijos robados y a matar obligados,

Por esos mismos animales

Los que pelean su causa tan sólo con males,

Causa con base en principios vánales

Con un fin sin fin,

Tan sólo "desechable".

Qué caso puede tener

Matar a tu hermano de sangre?,

Se que sientes, ¡animal!

No te hagas más culpable,

No le muestres eso al sol,

Ni a las estrellas, la luna, ¡a nadie!;

¡ten vergüenza!,

Mira al frente,

Deja tu arma, abre tu mente;

La vida es otra, ¡no atropelles!,

No uses la fuerza,

Ama tu gente…

Ama el sol, la luna

Pero antes que nada

Ama tu vida;

Vive bien tu día a día,

¡déjanos en paz!

Con tu maldad vendida,

No manches al sol con más sangre perdida,

Y déjanos seguir nuestros días de vida,

Iluminados por el sol y la luna como guía.

Habla, dialoga, busca la verdad

Y con ella ¡tu libertad!

II

Me ha nacido una flor de las entrañas.

Es una flor maravillosa, olorosa, soñada,

Tiene tantos pétalos como sueños, es una flor innimaginada;

¿Cuántas veces anhele reencarnar en flor?

Hoy, me adorna el abdomen, surge de mí.

Es una flor alimentada de quimeras truncadas,

llena de savia de besos y amores imposibles,

de ilusiones yertas en medio del campo,

de un amor que aún espera por mí.

Te amaba tanto querido mío,

que mi amor ahora corre por el agua del río,

no supe cómo hacerte saber aquel día

que ya no sería parte de tu vida;

iba a cumplir nuestra cita

adornada de perfumes y una bella cinta,

y de la nada, en medio del camino,

vándalos despiadados con desdén me arrebataron

me ultrajaron, me amarraron

como a un muñeco viejo me pasaron,

de mano en mano hombres de verde

mi inocencia acabaron.

Fueron tantas manos en mi cuerpo perfumado,

que ya ni siquiera me acuerdo qué lado atacaron,

lo último que en mi mente alcanzo a recordar

es una palada de tierra en mi paladar,

así, poco a poco, como en agua negra, terminé de respirar.

Y aquí me encuentro, con una bella flor en las entrañas,

Que huele al perfume de esa tarde avasallada,

Enterrada en una fosa del común, mal llamada,

Esperando a que mi amor no llore por la estocada

De incumplir aquella cita, para en el altar ser su amada,

Anhelando que algún día en medio de una parada

Se tropiece con la flor y pueda ser desenterrada.

III

No quiero que nadie me mire.

Me molesta ahora sentir sus ojos vivaces sobre mí

desgastándome,

tragándome como aves de rapiña

sin tocarme.

Siento lo que pasa por sus mentes,

siento sus abusos;

percibo como disgregan mis huesos de mi carne

con sus afilados picos,

con su aliento hediondo a mortecina:

— Ustedes no se dedican

sino a convertir a la gente en carroña;

poquito a poco y con roña

le aniquilan la memoria— .

Me sentaré,

Me cubriré con mi chaqueta;

¡Pero eso no basta!,

¡Me comerán con sus murmullos miserables!

me acabarán con sus miradas,

lo peor es que están en bandadas…

¿cómo protegerme de las aves de rapiña?

¿por qué me maltratan como animal en feria taurina?

No quiero verlos,

oírlos,

olerles,

sentirles;

no quiero nada;

sólo sentarme en el rincón,

escuchar los fusiles descargarse

y que no se me desangre el corazón.

IV

Abrí mi pecho al viento en el llano.

Tal fue su potencia

— Su banal irreverencia— ,

que le perforó como bala.

Fue la ojiva que perdiste de rencor

de mentira y de traición,

con su pólvora de color a malestar

la que me atravesó sin piedad.

Entró,

giró,

rompió,

recorrió mi esternón, mi cuello,

y arraigada allí quedó,

¡sus frutos de mal echó!

No sobrevive nada más que un cráter

— cubierto de viscosa piel colgante

Donde, en un hermoso antes

habitaba un corazón,

el que sin fundada razón

un día bello en el llano,

por entregar a su patria en la guerra

la bala llegó y destrozó.

Pongo mi mano,

procuro ocultar el daño con mis dedos

pero, ¡están ensangrentados!,

me horrorizan.

Solo lloro.

Vacío y venas expuestas

es lo que queda de mi amor,

el que borraste con tu mano

cuando disparaste tu fusil,

con tus manos de fuego y arena

desocupando tu galil

en los campos de la macarena,

por la causa de un ser tan vil.

Una bala perdida de rencor llegó,

y en el llano mi frágil pecho perforó,

encarnizando en este héroe el abandono

con la locura del dolor absurdo en decoro

en una batalla que hoy se perdió.

V

"¡Hermano!:

He venido a matarte";

He venido a sacarte las entrañas con mi ojiva.

Desde este lado de la montaña te grito:

¡no seas cobarde hermano!,,

Sal,

Dame pecho,

Muestra tu embarrada cara;

Quiero con mustia sonrisa

— disfrazada de victoria— ,

Y sin motivo alguno,

Aniquilar tus sueños como sé

Quieres aniquilar los míos...

¡pelea tu causa!

Hermano de tierra,

Esta causa que no es tuya ni mía,

Causa abanderada por encontrar paz, justicia,

Paz y justicia reducidas a "ironía".

¡asómate, mi sangre!;

Quiero verle chispotear por los campos,

Quiero verle correr a través de las aguas,

— "cristalinas aguas"—

Que bañan los pueblos,

Que llenan los lagos;

Las que están en páramos,

Altiplanos y llanos;

Las mismas que recorren ríos y que al final,

Después de un largo trecho

Llega al inmenso mar, hermano!;

Allá nuestra sangre tendrá que navegar y gritar:

¡libertad!, ¡libertad!,

Libertad que no podemos gozar:

Estaremos muertos,

Reducidos a materia:

¡vendimos nuestra libertad!

Es nuestra sangre la que galante correrá

Sin algún rumbo fijo,

Sin lugar donde llegar;

Tan sólo vagará por el mundo viendo cómo

Quienes causan esta lucha absurda

Se ríen,

Danzan,

Bailan,

Se jactan;

Celebran victorias que no son suyas,

Victorias que no son victorias y,

Tienen tras del hecho

La vil desfachatez

De tomar el agua

— "cristalina agua"—

Llena de nuestra sangre,

La sangre de nuestros otros hermanos,

Y pasarla por sus desechables caras

Y refrescar sus labios mentirosos que nos han traído a esto,

Hermano mío!;

Mientras tú y yo,

Bastantes días, madrugadas, noches, ocasos

Caminamos con los pies y espalda encharcados

Pero con nuestros labios y gargantas secos;

Suplicando por un poco de agua,

Así sea de la lluvia,

Lluvia llena de nuestros hermanos,

Esos quienes derramaron su sangre

Y no hace mucho tiempo atrás

Enfrentaron esto, a lo que te estoy llamando.

No quiero perder la paciencia!,

Hijo de mí misma madre,

Esa que dice llamarse patria;

La misma que nos parió y nos crio,

Quien nos ha visto crecer,

Esa madre que nos cuidó desde la niñez;

La que nos ha mantenido en su ser,

Aquí,

Sobre su futuro cadáver te grito:

¡cobarde!, quiero matarte;

Ellos quieren beber tu sangre,

Me he convertido en su estúpido títere;

Soy tan solo muñeco de esos que creen ver,

Pero no tienen ojos para ver porque...

Están cegados por la envidia,

El odio,

El placer,

Las malditas ansias de poder;

Convirtiéndose en demonios

Absorbiendo nuestro ser,

Siendo ellos titiriteros

Por los que replicaré un "venceré".

...

Me cansé de esperarte, hermano!

A traición te mataré,

Y seguirá la misma cadena

La que cuando te mate, recrearé;

Destrozaré tu pecho hermano,

Nunca más estarás de pie,

A tu mujer, hijos, familia

Sin un padre, hermano, hijo dejaré;

Si no lo hago...

... Tú lo harás,

Acabarás con mi corazón,

Ese que alberga algo de amor;

El que dejará de latir

Cuando tu ojiva vea venir...

No es nuestra causa,

No es nuestra lucha,

Es tan sólo una guerra absurda;

Con mi cuerpo sediento te digo:

¡hermano te mataré!,

Hoy, desde este lado de la montaña

Te grito:

¡debo cumplir mi deber!

VI

Sentimiento inevitable

quien con su sombra inefable

me hace temblar,

me hace sentir minúscula,

inclusive,

más que la más miserable de las basuras;

la más repugnante de las putas que

no encuentran otra opción

más que venderse por nada,

en una esquina…

Me acecha,

me pincha con su báculo,

me hurga hasta los ojos; me deja ciega,

¡No puedo ver más allá!

le temo a todo:

a la más leve brisa,

al más tierno de los susurros,

al más indefenso sueño,

inclusive a conocer más;

le tengo miedo a abrir los ojos

así no exista algún daño.

Temo a decidir,

¡Me siento cucaracha!

una diminuta parte de esta suciedad

esta suciedad amedrentada

que no hace nada,

y no hago nada;

me quedo simplemente

ensimismada.

Miedo,

sentimiento inherente,

a todos siempre los vence

en algún momento de la gran batalla,

nos deja convalecientes,

desvalidos,

temblando, siempre temblando,

no nos da espacio

¡Nunca para!

porque con todo viene,

hasta con la muerte

cuando no se quiere morir,

cuando se tiene algún motivo para vivir;

con el amor también,

cuando se ama,

cuando no se quiere amar,

por miedo;

reitero,

esta allí, no para;

me observa con sus horribles ojos,

me llama con sus manos de hueso,

me hace muecas con su sucia boca,

tengo miedo;

me temo,

¿Estás ahí?

Muerte,

Miedo.

VII

Muero,

Como ella, — la guerra—

En el piso sin vida se encuentra.

El viento pasando por sus mejillas,

Le hacen sonreír…

Como ella,

Muerta,

Abandonada en ese paraje solitario;

Dejo que la brisa corra en mí

Pero…

No hay viento

Que me haga sonreír.

Muerta,

Sola,

Abandonada en la nada;

No está ni siquiera la sombra

Para que cubra mi cabeza muerta,

No existe quien me proteja de la lluvia,

No existe quien me proteja del sol,

Mucho menos quien lo haga de la luna.

mi cuerpo inerte

se descompone rápidamente;

en la intemperie

hiede a soledad,

hiede a tristeza,

mi materia muerta no es nada

es producto de la guerra.

lo que duele,

es el alma,

alma desamparada

por el estado, por la armada,

mi alma casi muerta,

sin cuerpo,

sin nada,

sin nadie

tan solo quisiera,

un instante siquiera,

ver a mi familia en la rivera

En dónde me secuestraron.

Quisiera elevar mi alma,

— Casi inerte alma—

Para verle desde las alturas,

Pero no puedo;

está sin aliento,

está casi muerta,

muerta sin sentencia.

Mi cuerpo y mi alma seguirán abandonados,

como hasta ahora.

el viento de la tarde,

el sol ardiente y los días de lluvia

son mi única compañía.

No dobles los ojos al atardecer
por su presagio de muerte

Por Andrés de los Ríos

Abre alguien la ventana

Mi corazón responde

con fuego hirviente

Alguien araña mi espalda

pero mi espejo traicionero

solo dos ojos me muestran

La luz del día se apaga

Un rumor de río

bajo mi cama crece

Una cruz de mi cuerpo he hecho

Yo soy una plegaria

Estoy solo

La oscuridad se tiñe de viento frío

El corazón es de vidrio

y me quiebro de rodillas sobre las piedras

¿Para qué la vida?

Me gritan las paredes

Desembocan en palabras breves

Soy un cuerpo que su piel no quiere

Soy un topo que de la tierra viene

¿Para qué el vacío?

¿Para qué este llanto?

Para que el que venga

Me abrace me arrope me toque

me dé un par de golpes y diga

Pues tonto para tanto

La noche me cabe en el cuerpo

y a los amaneceres he ahorcado

Anido un vértigo imantado

comenzando en mis labios

En una bóveda envenené

las palabras de alivio

Cierro mis ojos y

mi silencio único querido abandonado

un tronco antiguo yo talo

Tocarse el corazón

Meterse los dedos y sacarlos limpios

El borde de la muerte es entrecerrar los ojos

y no humedecerse los labios para el beso

Sin amantes entorno a la cama templando las esquinas de la sábana

Sin el murmullo de la madre respirando con dificultad

La frontera de la muerte es el desamor el desencuentro el desarraigo

La muerte es la última gota Es la tristeza destilada

Siempre me encuentro en el desear
Siempre un verbo pasivo como la muerte
Soy la pluma que cae desde ayer
Soy el mañana que no es y se espera

El mundo se inunda
Las gentes se ahogan
Enjugo mis ojos y
Soy yo el náufrago
Soy yo quien naufraga
Soy yo mi naufragio
Mi arca se enferma Me velan sirenas
Perdido en mi abismo
Elegía de quejas
No hay dos no hay pareja
sin dicha ni pena
soy yo soy yo mismo

Decir decir decir
y no bastar
Callar callar callar
y no bastar
Vivir vivir vivir
y no bastar
Morir morir morir
y no bastar
Amar amar amar
y no bastar

Adelante está la noche

y detrás de mí

un corazón oscuro

Me he ahorcado en la grúa de las sombras

He estirado mis pies asfixiados ausentes de la tierra amada

Es mediodía y estoy tan frío

El sol con su dorado canto no susurra en mi cuerpo helado

Podrían acercase todos y tenderme sus brazos

Pero me oculto en lo que no tiene nombre

en lo que duele tanto

Puedo prometer que este será el último poema que te escribo

Puedo quemar todos tus recuerdos con alcohol y cigarrillos

Puedo caminar otros caminos y dormir de otras maneras para no
morir en los abrazos de otros días

Puedo enamorarme otras veces y dedicar las mismas canciones

Dejar de sentir el ardor en los ojos cuando miro al vacío y te imagino

Conservar solo un espacio para mí y descargar en una calle todas tus
memorias

Podría hacer todo eso y aún continuaría muriéndote por dentro.

Mis aspiraciones por el suelo como gusanos de la putrefacción

La incapacidad propia de la poesía, de mí, no de ella

Mi imposición victimizante y la distracción fugaz de los placeres
fugaces

Llevar siempre una postura y no sentir lo natural

Lo único que necesito es todo

Mi verdad es la entrega pero soy un mentiroso

Podría escribir todas las palabras insatisfechas y seguir insatisfecho

Esto no es un exorcismo solo es verse en un espejo

Otro quejido otra arruga pero el mismo dolor en el cuello

Abro mi boca y engullo al sol con su amanecer

Recuerdo tus palabras favoritas

Muralla Invierno Ruiseñor

Se amontonaban detrás de ti como una sombra

No las pronunciaste nunca pero pienso en cómo las dirías

Tal vez no eran tus favoritas

Tal vez las imagino porque se me ha volado tu voz

Tu presencia fría sepultada

El olvido una bélica barrera

Las palabras que digo mi único recuerdo

Con las armas en la sangre

las venas son el promontorio de aflicción

de nada vale luchar

pues la herida es una herencia

en cruces llameantes

las arterias arrastran a los muertos a hervideros rojos

de nada vale dolerse

pues el sufrimiento es carne

de nada vale quejarse

pues la vida es un latido

de nada vale pues todo se debe.

¿Será nostalgia tristeza umbilical o el corazón derramado en mi costado?

Escribo como cepillándome los dientes

dolor y miedo me los limpio de la lengua

pero un sol decide morir en mi cráneo,

el ocaso en mis pupilas inunda todos los campos donde mis versos beben en

sus orillas.

A los pájaros de la pena a mis oídos he cebado

Hace rato murieron hace tiempo volaron.

Pero el aleteo de su música a mis huesos ha amarrado.

Hay un silencio oscuro,

un toro negro solitario

sin dolor y sin miedo vive

aunque a tientas sollozando

Escribo como desangrándome

como arrancado las plumas del pájaro de la tristeza

como desatando el corazón en mi costado

como el temblor que queda cuando se ha llorado

Si hoy hablo de amores es porque no me ama nadie

Ya no me levanto para no sentir tu ausencia

No hay fuerza para recordarte

aunque las nubes me susurren tus vestigios

El viento me arrebata los sonidos de mis labios

y nuestra cama ahora solo es mía

¿Para quién se pondrá el sol cada tarde?

Tus ojos han migrado al país del frío

Nada

Por Alexandra Prieto

Finalmente estamos hechos de ausencias

ausencias de quienes ligeros vuelan

de regreso al verdadero hogar

sumiéndonos en vacías incertidumbres

Ausencias de quienes permanecen

en nubes de tangibles contaminantes

preguntándole al brillante cielo

¿a qué lugar pudimos llegar?

Ausencias de profundos motivos,

ausencias de aromas agradables,

ausencias de pasos malgastados,

ausencias cuando todo se podía crear.

Ausencia de tu frágil cabello,

ausencia de tu voz cantando

que poco a poco se va diluyendo

en tristes abrazos tardíos

Lepe

Por Alexandra Prieto

A donde fue a parar tu voz

que con la experiencia de los años

calmaba mis turbulencias internas

y orientaba con su luz mis pasos.

En cual fiel lugar aislado

pusiste ahora la brillante mecedora,

que sin preguntas te acompañaba

a tomar tazas de café cargado.

Dime dónde puedo encontrar hoy

la protección de tu firme abrazo.

¿Desde cuál aparato puedo comunicarme?

¿Qué número debo marcar para escucharte?

Cuando lentamente camino a la deriva

cruzas a prisa las lejanas esquinas,

riendo a carcajadas corro a encontrarte

y tropiezo con la irreductible realidad.

Las palabras que nunca te dije

pelean entre ellas llenas de ira

buscando desesperadamente distraídos recipientes

en donde descansar llorando.

La vieja olleta deforme

donde cada hora colabas café

ahora intranquila te busca empinándose

reclamando con urgencia que vuelvas.

El universo es nada sin ti,

oigo ruidos de voces que no entiendo,

veo figuras que se desvanecen en el

camino por el aire inseguro.

Me tumbo agotada en el césped

a observar detenidamente el cielo azul

y en las nubes apareces tú

asegurándome que evolucionas en paz

Muerta en vida

Por Camila París

Te amé y te sigo amando.
Te amaré hasta después de mi muerte.
Te siento y te espero.
Te extraño más que a mi infancia.

Espero que seas feliz.
Espero que estés tranquilo.
Espero que no te des cuenta.
Espero que no lo sepas.

Te amo y te sigo amando,
pero no como antes.
Ahora solo en silencio,
a lo lejos atesoro tu recuerdo.

Espero que seas feliz
porque yo no lo era.
Y aún no lo soy
pero algún día podría.

Te amo y te sigo amando.
Pero ahora es diferente.
Te amé más que a mi propia vida.
Ahora sé que no lo valía.

Espero que seas feliz,

y que ella te ame

tanto como yo te amo

porque desconsuelo sentiría.

Te amo y te sigo amando

tanto que solo pido,

tan solo espero,

que ella lo haga igual.

Espero que seas feliz,

que conozcas el amor.

Un amor capaz de todo,

Un amor eterno e infinito.

Te amo y te sigo amando.

Te perdono y te entiendo.

O por lo menos lo intento

porque es difícil vivir en vano.

Espero que seas feliz

porque vivir sin ti duele.

No vale la pena,

pero lo sigo haciendo.

Te amo y te sigo amando.

Y te doy gracias por permitirme

vivir este sentimiento,

que siento desde ese momento.

Espero que seas feliz

porque conocí la felicidad

y la verdadera miseria,

desde el momento en que te vi.

Te amo y te sigo amando.

Pero ¿Qué ser es más desgraciado

que el que ve todo lo que pudo desear

desde un puente sin poder saltar?

Espero que seas feliz

porque mereces una vida

llena de gozo y alegría,

pero más aún calma y serenidad.

Te amo y te sigo amando,

y lo haré hasta el fin de los tiempos

porque en ti vi belleza y sufrimiento,

y me vi en un espejo.

Espero que seas feliz.

Sé que no te merezco.

No debo ser feliz,

porque mi vida ya no está viva.

Te amo y te sigo amando,

pero ya no estoy con los vivos.

Ahora solo sufro el purgatorio,

con ustedes en la Tierra.

Espero que seas feliz

porque yo en vida no lo seré.

Ya no puedo, pero tú,

tú puedes llegar a la meta.

Te amo y te sigo amando,

y te agradezco,

porque mi corazón

ya no es desgraciado.

Espero que seas feliz

porque si algún día siento,

entre melancolía y tranquilidad,

será por ti, amor,

Gracias.

Provocados para ser póstumos

Por Cristian Camilo Araque Úsuga

Elegía para despojar la porción de un sueño acróbata sobre la existencia

Cuando yo muera,

te crecerán tentáculos de momentos

en la almohada húmeda de tanto recordar;

te nacerá una cálida llovizna

por la abertura de la nostalgia

y un iridiscente limbo

te crecerá entre las huellas de tus manos

manifestadas sobre mi resplandeciente piel.

Cuando yo muera,

te florecerá un rosario con resonantes epitafios

que dejé tallados en cada diminuto poro de tu existencia.

Cuando yo muera,

te crecerá un silencio igual al mío

y un terciopelo negro bajo la lengua

para que me acaricies con palabras subterráneas

nacidas en el corazón.

Un embalse de memoria

lloverá por las cuencas ópticas de la mirada

y un escalabrado antaño

habrá de enterrarse en el delgado vapor de mi silencio.

Palpo con mi insomnio el macrocosmos

y las prendas de mi pensamiento
se van enredando en el ozono.

Sobrenatural

Por Cristian Camilo Araque Úsuga

El castigo a la razón es morir sin culpa
por desconocer la procedencia del vivir.

Infinito

Por Cristian Camilo Araque Úsuga

Morir en tu lista de cosas por fingir

mientras sabotear la vida,

es todo un logro de perseverancia.

Desprendimiento

Por Cristian Camilo Araque Úsuga

Yo le concedo al infierno

la mano de obra de mi muerte.

Por lo tanto, que el cielo no se moleste

en anunciar a un desertor que se inmoló

en sus pensamientos libres de doble moral.

Cristal para que fluya en
mis ojos la claridad de un manantial

Por Cristian Camilo Araque Úsuga

Voy a congelar tu imagen

para colgarla en la inmensidad,

en los glaciares de mi mente.

Serás una rosa de cristal

en el cementerio de las eternidades,

donde sus raíces son mis neuronas simples

y el castillo del llanto es el reino de mis pupilas.

Un eco de lamento en los pasillos de mi memoria

fragmentan los ventanales de mi mirada.

Es el amarte haciéndose diluvio.

Donde todo de ti se hará paisaje

Por Cristian Camilo Araque Úsuga

De amor es preciso convulsionar,

pero morir es convertirse en obra maestra.

Que la satisfacción se haga memoria

en lo que me queda de suspiros,

pues un horizonte es el palacio

de quien logra conmoverse al trascender.

El corazón es un pétalo ondeándose
por el eco de la memoria

Por Cristian Camilo Araque Úsuga

No sobrevivas.

El reto está en morirse de culpa y no sentir nada,

a excepción, si es deseo.

Misantropía cósmica para deambular por el beso en la frente que nos negaron las deidades

Por Cristian Camilo Araque Úsuga

¡Qué ironía!

La humanidad buscando unirse a una luz después de la muerte

y tasando el crepúsculo de la existencia.

La vida es un fenómeno hermafrodita

concebido por el ojo del amor y la guerra,

nacida en las cuencas emocionales

donde beben el jilguero y el cuervo

y mueren intoxicados en la majestuosidad del vuelo y la libertad.

Y se nutre la tierra,

el asfalto de tu pecho;

y florece el gorgojo de tu calendario.

El recuerdo se hace vigilia amarillenta y vidriosa,

haciendo cráteres de melancolía en tus ojos

que te mantienen anclado a los caminos.

Giran tus virtudes, engranando la espiral

sobre las dimensiones del todo.

Si la esperanza tiene una elasticidad eterna, ja, ja,

¿Entonces cómo no cosechar sobre los pechos humanos?

Es decir, aberrante criatura,

el misticismo nos fue adornado en el cerebro

con un soplo de vida, como polvo cósmico que somos,

como la erguida voluntad del todo.

Pero pocos en su sigilo

parpadeamos una conquista,

una rebelión con la legión exacta

de esta espada que es el pensamiento,

con la justificación de no tasar la existencia

pero tampoco tener que unirnos a algo que desconocemos.

Pues yo seré el puñado de magia

que le haga falta a Dios en su abolengo.

Yo me desplazo aquí y antes del allá,

burlando al búho centinela que es la existencia,

manipulando el crepúsculo de la palabra

con mi monólogo infinito.

Cruzamos el infinito con cada cielo que despedimos

Por Cristian Camilo Araque Úsuga

La muerte entreabre vuestro puño delicadamente,

y sin más, comparte dos palmadas suaves al hombro.

La noche es un periodo de deseo oceánico

que nunca más verá el amanecer

y el ocaso que moría en nuestros ojos,

pasará a ser un dios en la dimensión del silencio cósmico.

Antes de ser fugaz,

sobre una nube de letras rupestres

que eran los cimientos de la memoria,

da una última caricia a la gratitud.

Gira tu mirada al horizonte

donde fueron tus primeros pasos infantes.

En la felpa de nuestros amores coloridos

plasma tu mano con ternura

para que puedan oírte.

Lo sé, también siento

esa expresión incurable en mis latidos.

Grito devoción para consolar mi último orgullo

Por Cristian Camilo Araque Úsuga

Reclinado en la media noche de tu canto,

tiritando bajo la filosa mirada de la penumbra,

un sigilo se agrieta sobre el paredón funesto

y las heridas se esparcen en el asfalto húmedo de la muerte

donde naufragan los suspiros.

Reclinado en el equivalente de tu sombra,

donde tu saludo es leproso

como el bullicio de las escarlatas ciudades

decorando tu ponzoña y el triunfo.

Reclinado en el engendro de la noche,

miro los peñascos fosfóricos

y el brillo de tu sonrisa como himno de las ruinas,

como un mar de cuervos abrazador con apocalípticas alas

que abarcan la delgada existencia.

Un puñado de tierra negra bastará

para adornar el tan anhelado holocausto abismal,

prioridad que te fue denegada una noche.

donde alguien reclinado en una silla esperaba por ti.

Con millares de luciérnagas en los ojos,

me habían devorado la impresión de ti;

pues ya venía cosechando tiempo atrás

pulmones radioactivos para detonarlos con un grito.

Justo esa noche en la cual surgió un poema verde.

Cuando el cielo pasa a ser recuerdo

Por Cristian Camilo Araque Úsuga

Tus ojos no se abrieron sobre mi pecho

y la paz floreció lentamente en tu puño.

En la piel se perpetuó un lucero de caricias

y el silencio amarraba mi quebradiza voz

para elegirte en el más alto cielo

las mirellas que son tus ojos;

las olas del mar que nunca más serán tus pasos;

los sueños que nunca dormirás despierta.

De ti emana un jardín de bellos silencios

describiendo la bondad de tu compañía,

diluyendo memorias de regocijo

sin hacer el más mínimo esfuerzo de ser luz serena,

levitando por el mundo con tu sonrisa.

Dogmas

Por Cristian Camilo Araque Úsuga

Y si al despertar de la muerte

ese era el camino de la verdad,

entonces qué decepcionante fue la vida.

Infortunio prometedor

Por Cristian Camilo Araque Úsuga

En cabeza de todo lo que es posible,

la vida no deja de ser la excepción.

Por lo tanto, la muerte sería el más bello mérito

grabado en las conclusiones de un soñador.

Concluye la muerte. La desnudez de un hombre despojado de sus cadenas

Por Cristian Camilo Araque Úsuga

Tengo una pregunta para ti, oscura muerte

¿Te gusta tu extraña alianza con las deidades cósmicas?

¿A cambio de qué?

Dime, ¿Qué se siente ser utilizado por la eternidad

para limpiar el glorioso nombre del buen Dios?

Si la vida viene con un manual de aprendizaje y conocimiento

pero sin revelación alguna al final,

creo que tal juicio es en últimas,

una falta de respeto por la humanidad.

Entonces, dime oscura muerte

¿Por qué he de morir?

Si he disfrutado de la vida en su variante tonalidad

y hasta he amado su dolor.

¿No creerías tú,

que merezco alguna valoración de mis actos

estando consciente de ello al respirar?

Entiendo que la equivocación no tiene reversa

después de que parta de este mundo,

pero esto te digo ponzoñosa muerte:

donde quiera que sea mi juicio,

no anhelo tal paraíso,

porque me acostumbré al sello de la vida

sin pensar trascender

a algo que desde el principio desconocí.

Aprendí el equilibrio de vivir

y ahora aprenderé a morir

antes de que me toques con tu inevitable…

¿Qué irónico? ¿No?

Querida muerte,

entre los hombres hay dioses también

buscando un título de eternidad inmanipulable.

El suicidio es un viejo amor

Por Cristian Camilo Araque Úsuga

¿Por qué no golpear a la existencia donde más le duele?

Morir entonces, no sería un acto para valientes,

sí nacer llorando es la felicidad utópica y cobarde de los que "viven".

Así, el cielo se sacudiría las lágrimas

dolorosas y vergonzosas que piden clemencia.

Quizá ahora empiezo a entender el origen del mar:

un paraíso profundo y misterioso en esta tierra;

los confines de la humanidad

hecho noches y atardeceres,

placeres y nostalgia.

El mar es la evidencia de que cada lágrima,

cada época, es la resolución de la existencia.

Quizá la tierra deje de existir cuando el cielo escurra

todas las vivencias acumuladas por los siglos.

Relente

Por Angie Daniela Pinilla Vargas

Amarilla

Por ti mi ángel e inspiración…

Indeleble

Por Angie Daniela Pinilla Vargas

Pensé que esto sería duradero; así lo prometiste.

Te creí que sería estable; lo veía así.

Lo sentí permanente; tú me lo hacías apreciar.

Soñé siempre con algo eterno;

ahora me quedare con que estaremos juntos

en la eternidad.

Soledad

Por Angie Daniela Pinilla Vargas

Quisiera decirte

no te extraño,

no te amo,

pero tu espacio en la cama,

tu ropa en el armario,

las tardes juntos,

el aroma del café en la mañana me recuerdan

que ya partiste de esta vida.

Día

Por Angie Daniela Pinilla Vargas

Ya no sé si es de noche o es de día,

ya todo no es tan claro,

no convivo ni vivo contigo,

no encuentro con quien compartir.

Ya los días son iguales,

grises, nublados,

lleno de tormentas y lluvia;

no cualquier lluvia es mi llanto.

Me siento tan sola,

te busco y no te encuentro,

no entiendo.

Prometiste que nos iríamos juntos,

pero no,

tu falleciste.

Noche

Por Angie Daniela Pinilla Vargas

Sola en la oscuridad recuerdo tu luz,

la iluminación de la luna

no me causa gracia;

no, no es bonita,

si la comparo con la luz de tu mirada.

No quiero ser egoísta,

por lo que pensare que vivo en una eterna noche,

mientras tu yaces en la nirvana.

Distante

Por Angie Daniela Pinilla Vargas

Sabias lo que pasaría,

sabias que me dolería,

tú más que nadie sabias que te irías.

Llevabas meses padeciendo,

ansiabas que llegara el momento; yo no,

fui egoísta, pensaba en mí,

¿Qué haría sin ti?

¿Qué sería de mi vida sin tus besos, abrazos, caricias?

¿Quién me acompañaría, apoyaría y alentaría?

¡Tantas cosas por hacer, por conocer, experimentar y hasta por concluir!

Pensaba en mí;

en mi dolor, hoy ya tarde,

frente a tu tumba,

te pido perdón.

Abandono

Por Angie Daniela Pinilla Vargas

Así llamare a tu partida,

fue algo tan inesperado y fortuito,

no estaba preparada,

ni siquiera pasó en algún momento por mi cabeza,

me niego a creer esto,

una y otra vez,

lloro, grito y

me desespero.

Algo no negare y es que

siempre serás el amor de mi vida,

aunque ya no estés.

Ángel

Por Angie Daniela Pinilla Vargas

Siempre había escuchado el dicho de:

"los hijos deben ver morir a sus padres,

no los padres a sus HIJOS",

no le había puesto cuidado a esa frase,

hasta que te perdí.

No

Por Angie Daniela Pinilla Vargas

No consigo creer tu deceso,

todo estaba tan bien o por lo menos eso creía.

No entiendo porque no me confesaste tu enfermedad,

¿en serio me creíste tan débil?

Siempre te ayudaba y apoyaba,

no te daba la espalda,

quisiera haberte ayudado y apoyado,

estar en las buenas y en las malas,

hoy me quedo sola;

sola, en las malas.

Es raro

Por Angie Daniela Pinilla Vargas

Es raro volver a nuestro hogar;

ver la sala sin tu cuerpo en el sofá,

sentarme en el comedor y

no poder divisarte concentrado estudiando o

haciendo lo que amas.

Es raro no ver tu silueta a contraluz en cualquier ventana.

Es raro no verte caminar por el pasillo del apartamento,

ver tu cuerpo desnudo,

degustar cada paso,

ver tu piel libre;

dejándose tentar por la luz que ingresa por las ventanas.

Es raro no tener a quien me ayude a cocinar,

ese ser que me ayudaba a lavar los trastes y

ropa durante las charlas.

Es raro no tener a quien peluquear,

con quien tener tardes de mascarillas,

camping,

guerras de cosquillas o almohadas.

Es raro llegar a dormir;

sentir mi cama fría,

vacía y la almohada helada.

No sentir tu calor,

tu brazo en mi cuello y

tu respiración en mi espalda.

Es raro tomar un baño sola,

no verte aplicando tus tónicos,

afeitándote,

cepillándote,

no poder obligarte a bañarte con agua fría.

Es raro no volver a verte a los ojos

mientras sonreímos,

reímos,

hablamos,

jugamos,

lloramos,

jadeamos,

besamos o

abrazamos;

tantas formas de hacer el amor y

todas contigo.

Mi vida es rara;

 todo ES RARO

sin ti.

También Mueren Las Flores

Por Aixa Marín Orozco y

Erika Bermúdez Pineda

Las flores se deslizan entre nuestros recuerdos, ellas acompañan los días más felices, los logros más grandes y las tristezas más profundas; con ellas nos recibe y despide la vida.

Al verlas evocamos recuerdos y emociones que van de la mano con las memorias de aquellos que partieron. Ahora no puedo evitar rememorar el amor de mi abuelo, cada vez que veo una hortensia, ni esos momentos que de niña me hicieron feliz y hoy son mi mayor tesoro, al ver un girasol.

Se nos va la vida, aprendiendo a soltar, a dejar ir, el tiempo pasa infinitamente rápido en la existencia de cada uno de nosotros, y al contrario de él, nosotros tenemos marcados un final y no sabemos despedirnos, seguiremos perdiendo almas, al igual que nuestra alma, sin saber dar un adiós.

Cada letra, palabra y frase aquí escrita, guarda el luto que causan en nuestra vida las despedidas, esas que son para siempre, las que no tienen tiquete de regreso, aquellas en las que el viajero emprende un nuevo recorrido solo. Podemos evitar sufrir, mentir, dañar, odiar, pero la muerte, la muerte, no se evita, no puede engañarse, es imposible de esquivar por mucho que intentemos huir de ella, la muerte siempre nos termina alcanzando.

Todos lloramos la partida de un ser querido, pero, ¿quién llora las flores?

Cala

Por Aixa Marín Orozco y

Erika Bermúdez Pineda

Siempre me quedará
aquel beso en la frente de papá,
los abrazos de mamá,
las tardes interminables de juegos
con mi hermano pequeño.
En mi mente vivirán
esos recuerdos de infancia,
de esos días donde todo era más fácil
y rasparme la rodilla era mi mayor
preocupación.
Llevo a cuestas los años
donde desperté y entendí la dinámica
del mundo,
donde este ser se marchitó,
dejando morir en sus brazos
aquello que amó.
Recordar es vivir y morir al mismo
tiempo,
es saltar al mar de sueños,
miedos,
ilusiones y desvelos,
de los cuales hemos salido,
no ilesos,
pero si,
con vida.
Es ese lugar al que cada tanto debemos
regresar,
para darnos un golpe de realidad,
tomar un respiro o darnos fuerza.
Recordar es ese lugar frágil,
de donde venimos todos,
de donde surgieron nuestros anhelos

y miedos,
de donde nos volvimos uno
con nuestras piezas flotantes.

Coco

Por Aixa Marín Orozco y
Erika Bermúdez Pineda

Los últimos días,

fueron de alivio para ella,

era como si sintiera,

que por fin,

había acabado todo,

una forma de liberarse,

quizá,

de todo aquello que una vez dolió,

dejar atrás los daños que le hicieron y los que hizo.
Repetía que no tenía miedo,

en cambio,

estaba tranquila,

no estoy segura,

si era cierto

o no,

pero admiraba su manera de ver la muerte.

No quería darnos espacio para llorarla,

igual nadie se atrevía a estar triste.
Ella,

con su cuerpo débil y adolorido,

nos impregnó de felicidad y paz infinita.

Ninguno de nosotros,

quiso dañar el momento,

sonreímos a la orilla de su camita,

pero la realidad,

era que por dentro,

nos estábamos derrumbando,

sentíamos como al pasar las horas,

un pedazo de nuestra alma,

estaba siendo arrebatado.

Malva

Por Aixa Marín Orozco y

Erika Bermúdez Pineda

La piel tiene memoria
tus besos siguen adornando el último
lugar donde se posaron,
se ha negado a olvidar tu tacto
por caprichosa.
En mi cabeza también habitas,
algunas tardes soleadas,
algunas noches frías o
en el té de media tarde.
Donde te sueño
y nos sueño,
aunque ya no seamos plural.
Este amor nos llegó a destiempo
mientras yo caía en sus redes,
tú te escapabas
como el agua entre las manos,
sin posibilidad de dar marcha atrás.
El destino es caprichoso,
le gusta jugar a las no coincidencias,
nuestros desvelos,
fueron una de esas.
De los planes,
solo quedan las listas
en la vieja y arrugada libreta,
que me negué a desechar,
porque llevaba el primer garabato

que me regalaste.
De los sueños que tejimos
solo quedan pesadillas,
me aúllan al ocaso,
se trepan en mi mente,

me conducen mientras duermo
abrazándome a mí misma.

Flax azul

Por Aixa Marín Orozco y

Erika Bermúdez Pineda

En susurros
caminan por el bosque,
cuidándose de pisar las hojas muertas,
no quieren hacer ruido,
solo quieren un poco de paz.
El silencio es inquietante,
hasta el palpitar de sus corazones
puede escuchar.
Tienen miedo de que alguien
camuflado pueda encontrarles,
de que arruine ese momento de
extraña tranquilidad.
La vida se les ha escapado
huyendo del horror de una guerra
nunca peleada,
viendo como mueren todos
a su alrededor,
sobre todo aquellos que no
tuvieron la culpa
de que aquella noche de abril,
el reactor les cambiara la vida.

Inspirado en la obra: Voces de Chernóbil, Svetlana Aleksiévich.

Loto

Por Aixa Marín Orozco y
Erika Bermúdez Pineda

Vacío,
vacío,
vacío.
Un hueco que inicia en mi cabeza

y termina extendiéndose por todo mi cuerpo,

imposibilitándome sentir algo diferente a la tristeza.
El hueco se hace cada vez más grande,

solo las pastillas lo apaciguan,

pero sigue ahí,

esperando el momento de volver a doler.
La espiral constante de altos y bajos parece no tener precedente,

no recordaba haberme sentido tan en el fondo de la nada.
Los ojos reflejan el alma,

pero los míos están tan vacíos,

tan faltos de brillo,

porque a mí, el alma se me escurrió

en cada lágrima derramada esta última década.
Miro al frente solo por mirar,

por concentrarme en algo

que no sea la nada creciente que llevo dentro,

intentando buscar conexiones entre los trazos de la pared

o algo que alivie esto por un momento.
Algunas veces el dolor es tanto que me hace creer en un próximo
final,

pero este nunca llega.
Ya no hay lágrimas que llenen el pozo

que hay entre mis pulmones y el estómago,

es demasiado grande

y se me iría la vida intentando menguarlo un poco.

Peonía

Por Aixa Marín Orozco y
Erika Bermúdez Pineda

Hace días parada en la acera,
no recuerdo el clima,
creo que era igual a mi estado de ánimo,
vi un bus blanco,
venía rápido,
más de lo normal.
Solo podía pensar en saltar,
saltar,
saltar.
En lo rápido que sería todo,
ni siquiera escucharía el crujir de mis huesos,
ni el dolor esparciéndose por mi cuerpo.
Solo quedaría una mancha,
esa que indicaría que estuve allí,
que algún día habité ese cuerpo y este mundo.
Creo,
no alcanzaría a darme cuenta de la luz,

de su brillantez y luego de su ausencia.

Dalia

Por Aixa Marín Orozco y
Erika Bermúdez Pineda

Dolor,

solo dolor,

es lo único que hay en el alma.

Esa que cansada camina por las calles conocidas,

la misma que no quiere ni un segundo más

de esto,

llamado vida.

Algunas veces camina cerca de puentes,

preguntándose cómo se sentiría caer,

sin nada que te reciba al otro lado,

solo estar en ese vacío eternamente.

Quizá duela menos que el ahora,

pero no se atreve a averiguarlo,

algo la retiene siempre que mira hacia abajo.

También camina fuera de la acera,

sintiendo el viento que dejan los autos al pasar

y el ruido de las bocinas,

preguntándose si solo un golpe puede acabarlo todo,

llevarse el dolor para siempre.

En su cabeza crecen y crecen las ideas,

por ahora solo son eso,

ideas.

Pero la vida es demasiado frágil,

el dolor imparable

y un solo corte bastaría para descansar.

Rosa

Por Aixa Marín Orozco y
Erika Bermúdez Pineda

Llevo esperándote cierto tiempo,

pero te niegas a llegar,

será porque cuando uno anhela algo con tanto deseo lo aleja,

a veces te siento cercana,

vienes,

me respiras en el cuello y te vas,

quisiera poder mirarte a los ojos y decirte acaba con esto ya,

de una vez.
No sé qué eres,

pero pienso que has de ser miserable y perversa,

me extingues de a poco,

consumes mi espíritu y eso te alimenta.

Me he acostumbrado tanto,

que ya nada duele,

no te tengo miedo,

por el contrario,

y si llegas a escuchar este ruego.

¡Llega¡

¡llega por favor!
Debes estar esperando,

como animal salvaje,

mi primer descuido y aniquilarme,

así, de golpe,

sin permitirme sentir

la paz que tu llegada me daría,

porque hasta de ese fulminante respiro de vida

me despojarías,

impidiéndome buscar regocijo en el último momento de plenitud que esta alma tendría.

Clavel

Por Aixa Marín Orozco y
Erika Bermúdez Pineda

La muerte se lo llevó,
ella cree que sólo se lo ha llevado a él,

pero no es así,

también ha muerto parte de mí.

¿Cómo hacer para curar esta aflicción?

Si su causa no tiene remedio y me niego a perderte.
El día que me despedí de ti,

sabía que junto contigo,

se iría un pedacito de mi vida.

Había tanto dolor dentro de mí,

que puedo jurar,

haber sentido como esta alma,

se derrumbaba,

quedando sólo escombros.
Recuerdo que te prometí ser fuerte,

y no llorarte,

pero,

dime,

quién podría soportar tanta pena,

sin atreverse a dejar desbordar sus lágrimas.

En ese mismo momento

comprendí

que la muerte se lleva todo,

pues junto contigo,

se llevaba

cada beso,

abrazo,

y tu voz sólo quedaría retumbando en mi memoria,

cada vez menos,

porque los recuerdos son enemigos del tiempo.

Cempasúchil

Por Aixa Marín Orozco y
Erika Bermúdez Pineda

He estado buscándote
la voz no me alcanza ya,

de tanto llamarte,
creo que mi alma,

se ha quedado fragmentada,

desde que se enteró,

que ya no existes y se niega a quedarse sola.
Hablo con tus recuerdos,

les reclamo,

me enfado con ellos,

porque duelen,

duelen tanto,

que hay momentos,

en los que pienso,

ya no soy yo,

me desconozco,

tal vez ignoré que la parte,

que conocía de mí,

se ha quedado contigo.
Estoy tan vacía,

ya no tengo fuerzas,

ni siquiera para llorar,

no he podido sonreír en varios días,

te sigo esperando,

así,

como un milagro,

que llega me abraza y susurra bajito,

no te vayas.
A veces,

creo estar dormida mucho tiempo,

luego me percato

que he estado despierta,

pero no conozco el lugar donde estoy,

tal vez tú no te has ido,

y quien ha partido,

soy yo.

Lirio

Por Aixa Marín Orozco y
Erika Bermúdez Pineda

Esa cama,
no es solo una cama,
en ella el amor nos hizo,
junto dos almas perdidas.
Fue testigo de un milagro,
nos acompañó mientras surgió el amor,
en las noches de desvelo,
en los días fríos.
Por eso la miro y no puedo evitar sentir
cierta nostalgia,
no quiero que me traiga recuerdos,
pero aún no estoy lista para botarla.
Está fría,
no debería,
pero lo está,
creo que te extraña igual que yo.
Desde tu partida no he vuelto a dormir
en ella,
la he abandonado,
como tú abandonaste esta vida.
Ella fue testigo del dolor más profundo,
la última noche que pasé a su lado
ahogué la almohada de tanto llanto,
le dejé mi tristeza impregnada.
La he dejado inservible,
por lo menos para ver de nuevo
el amor,
al igual que tú a mí.
Es el primer agosto sin ti,
sin tus manos sosteniendo las mías,

sin el pastel de calabaza por tu
cumpleaños,
sin una canción de amor al llegar
el alba.

Jacinto morado

Por Aixa Marín Orozco y
Erika Bermúdez Pineda

No tuve tiempo para darte la última despedida,

quisiera volver al pasado,

decirte que siempre te quise,

lo mucho que te admiraba,

desearía compartir contigo muchas tardes de café.

Sé que ya nada será igual,

hasta las tardes con el mismo café saben diferente,

tu silla está vacía,

mi corazón también,

no puedo describir lo que mi alma siente,

estoy rodeada de tantas personas y aun así me siento sola.
Me arrepiento de no haberte dedicado más tiempo,

de haber perdido tantas oportunidades de abrazarte,

quererte,

amarte,

protegerte,

pero sobre todo disfrutarte.

La última vez que escuché tu voz

fue en una llamada,

me hacías bromas y reías.

Hablabas de la próxima vez que nos encontráramos,

me decías que faltaba poco tiempo para vernos.
El tiempo no esperó,

no dio tregua,

y como villano de esta historia te arrancó de mi vida,

hoy ya no estás y todas estas palabras sólo quedarán en el papel,

repitiéndose en mi cabeza,

volando en el aire,

escurriéndose en las lágrimas que mojan mis mejillas mientras escribo.

Violeta

Por Aixa Marín Orozco y
Erika Bermúdez Pineda

No he podido despertar,

aun no creo lo que sucede.

Sigo en mi cama,

mis ojos permanecen cerrados,

no quiero ver lo que el día tiene para ofrecerme

necesito dormir un poco más.

La luz se hace más fuerte,

alcanzo a escuchar un poco de música,

la lluvia repiquetea contra el cristal de la ventana,

el viento sopla agitando las ramas de los árboles.

No voy a abrir mis ojos,

no necesito ver lo que me ofrece este día,

solo extraño una cosa,

lo único que jamás podré tener,

lo único que era solo mío pero ya no está.

Permanezco inmóvil,

no me atrevo a moverme,

aunque mis músculos duelen.

No quiero sentir frío,

últimamente siento mucho frío.

No voy a abrir los ojos,

no puedo hacerlo.

No quiero ver tu lado de la cama vacío

y saber que lo único que queda de ti

está en un lugar aún más frío que esta cama.

Hortensia

Por Aixa Marín Orozco y
Erika Bermúdez Pineda

El tiempo no da tregua,

no nos permite tomarnos un segundo para respirar,

para recordar.

A él no le importa el dolor,

no le importa nada,

solo sigue su curso dejándonos atrás.

Lo he odiado,

porque hace que cada día me sea más difícil recordar tu voz e incluso tu rostro,

no importa cuántas fotografías vea,

vas difuminándote entre mis recuerdos.

Te fuiste muy rápido,

ni siquiera pude despedirme.

Eras mi héroe,

mi ángel,

mi gran amor

y de un momento a otro tu sonrisa ya no iluminó mis días,

tu voz ya no se escuchó al otro lado del teléfono.

Tuve que aprender de golpe a vivir sin ti,

a sobrevivir con un hueco en mi pecho,

que cada tanto vuelve a sangrar.

Algunos días ni lágrimas me quedan para llorar tu ausencia,

ni para entender que esto es real.

El tiempo me ha arrebatado tanto de ti,

lo odio por eso,

por no permitir que mi memoria de niña te conservara intacto,

por no dejarme darte un último abrazo.

Más allá de la vida te seguiré amando,

abuelo.

Anémona

Por Aixa Marín Orozco y
Erika Bermúdez Pineda

Ya no estás en esta vida,

lo sé, pero te siento,

te fuiste hace tiempo,

solitario y en silencio.
¿Cómo hacer para borrarte de mí?

Si ya no te encuentro,

y buscándote,

me pierdo.
Estás tan lejos,

que es imposible tocarte,

cada noche me la paso preguntándome,

¿Cómo hacer para olvidarte?
¿Cómo renuncio a lo que ya no tengo?

Si después de ti,

no hay nada que en mi detenga el tiempo.
Los días son fugaces,

tú ausencia perpetua,

sigo rogando al cielo,

sin recibir respuesta.
Vivo atada a estos pesares,

aunque sé que te fuiste feliz,

por ti he llorado mares.
Sigues siendo mío,

aunque ya no estés aquí,

sólo pido que cuando te encuentre,

no vuelvas a partir.
Un amor cómo este,

sé que perduraría.

Más infinito que el universo,

no le alcanza una vida.

Jaque de la orquídea y el girasol

Por Aixa Marín Orozco y
Erika Bermúdez Pineda

Y allí estábamos las dos,

inseparables desde la vida misma.

Cara a cara,

negociando lo innegociable,

platicando como dos antiguas conocidas.

Descifrando los misterios insondables de la vida,

cavilando inquietudes.

Estábamos a punto de concluir nuestro encuentro

y no sé cuál de las dos ganaría este interludio.

Pero yo estaba lista.

Ya no le temía a esa vieja amiga,

la suerte ya estaba echada,

el destino escrito.

La muerte y la vida algún día se encuentran,

no es una guerra,

ni un caso perdido.

Son el inicio y el final,

porque polvo somos y al polvo volveremos.

Óbito

Por Carlos Alberto Vargas Duque

Aparto mi vista.

Deseo morir

al declinar el día,

pisar la tibia arena

de la playa,

donde parezca un sueño

toda mi agonía

y mi alma,

como un ave que emprende

su vuelo.

Recibo la muerte

como mi grata amiga,

más escucho en mis

últimos instante

el majestuoso oleaje

y una gaviota que

vuela a lo lejos,

más no hay voces,

ni plegarias,

ni risas,

ni reproches,

ni promesas,

ni recuerdos.
Silencio pasivo
y sigo en la playa
a solas con el cielo.

Morir cuando ya la tarde
alarga su sombra
sobre el camino
y el aire oliendo a rosas
era una llamada al viento
y un sueño viaja
entre las estrellas,
mientras un adiós
vibra por mi acento.

Morir cuando la luz se retire
y el silencio se propague
y el sol expira en el ocaso
y se pierde al horizonte.

Asesino del amor humano

Por José Ignacio Garzón Montaño

Soy asesino de tu confianza, esa que hacía prosperar la relación, aquella donde todavía hay sentimientos, pero tienen miedo.

Asesino del amor que te profese con palabras, y con hechos torture lentamente con el arma más poderosa, el descuido.

Asesino del amor, pero no asesino del humano, ese ser que hay dentro de mí, que por amor solo quiere recuperarte y hacerte feliz, aquel que te extraña día y noche, que se preocupa por ti, humano soy por amarte y querer volver a ser feliz contigo.

Asesino de tus palabras, tus caricias, Asesino de tu fe, de tus sueños, del apoyo que me brindabas.

Asesino del amor de tus ganas de salir adelante, dé estar conmigo en los buenos y malos momentos al velar por mí.

Asesino quiero ser de los celos y el silencio que me alejaron de ti y terminaron por destruir mi interior al verte caminar lejos.

Asesino de tu presencia, hoy que mi alma te necesita y mi cuerpo te anhela, solo queda conformarme con tu recuerdo.

Nunca te has ido, continuas en mi recuerdo, en cada rincón de mi mundo, en mi estudio, en cada uno de los lugares que frecuentamos.

Permaneces en mi corazón, en mi piel, entraste en mi vida para no salir jamás, aunque no estés presente, sigues en mi mente, con la certeza profunda que puedes volver cuando quieras y a la hora que desees, las llaves de mi alma ya las tienes plasmadas en tus labios y tu corazón, cubiertas con tela y selladas con un beso de amor que nadie podrá borrar.

"Asesino del amor humano, pero no del humano interior que ama con dolor y sin condición"

Muerte invisible e invencible

Por José Ignacio Garzón Montaño

Muerte invisible, llegas sin sentirte, verte o percibir tu presencia, forma o esencia.

Muerte invencible que llegas a los parajes de la tierra sin avisar. Algunos te buscan en el veneno silencioso, otros se esconden buscando eternidad en infusiones, e ilusiones vánales

Muerte invisible, viajas en el aire, en el tiempo, en el espacio, por el mundo entero sin fin.

Muerte invencible disfrazada de dulces y mundanos placeres, de un trago amable, de un inocente cigarro, de una aventura o de algún otro placer extraño.

Muerte invisible, te camuflas para atacar a la humanidad, en su frágil figura.

Muerte invencible, para la ciencia que no devela el antídoto a tu aflicción

Muerte invisible al sentimiento cálido del ser en su existir

Muerte invencible, tras un grito de victoria con la lluvia del llanto de la humanidad alrededor de tu trono, el féretro tallado en madera y tapizado de terciopelo que nadie quería. Ni el difunto aquel.

"Muerte invisible e invencible para la humanidad, mataras el cuerpo, pero no el recuerdo"

Grité

Por Nikole Aguirre

Grité. Grité en el silencio, en la oscuridad.

Grité hasta que mi voz se desvaneció.

No podía sentir.

Ningún pálpito, ninguna respiración, ninguna lágrima.

Muda.

Como un sin rostro riendo en un rincón, como un atardecer que permanece, como una caída que ciega el final.

Te hundes en un rio de recuerdos, olvidando respirar.

Ayúdame, ayúdame, ayúdame.

Ayúdame a despertar, contra la corriente no estar, sentir la noche y no solo la oscuridad.

La muerte es muda y la vida es sorda.

Sigo inmóvil, prisionera. Rodeada de sombras. Sombras que no fueron y no serán; las sombras de mi soledad.

Muda.

Toco un instrumento vacío, sin tiempo. Sin apertura y sin final; en una audiencia que no despertará.

Grito, canto, lloro como el silencio. Creando un eco que intenta palpitar en un corazón que paró de latir.

Gritan su nombre, gritan, gritan, gritan. Con la agitada respiración que pide parar, que pide encontrar y olvidar.

Olvidar lo que solía ser en un sueño. Y como un perpetuo eco en la oscuridad, como un niño sin hogar, cumplo mi exilio de muerte en muerte en eterna soledad.

"La muerte es muda y la vida es sorda" Solía gritar.

Muerte (ese espacio común)

Por Nelly Jordán Ordóñez

Una cita ineludible

Pronto tendré una cita con la muerte, no me lo esperaba tan temprano, no me lo esperaba tan cercano, pero es así, pronto tendré una cita con la muerte.

Aún no he decidido si atalajarme y esconder estas ojeras bajo grandes cantidades de maquillaje, o simplemente esperarla despeinada y vestida tan solo con bata, a veces pienso, que tal vez, solo tal vez, de la manera en que me encuentre podrá hacer que se arrepienta de llevarme, tal vez, una mujer de mi edad invadida por el desapego a la belleza resulte una presa aburrida y monótona para embellecer el más allá, o quizás, me convierta en la pieza perfecta de oscuridad que hacía falta.

Hasta el momento esta cita a suscitado una gran angustia, una gran duda, ¿y después de mí?, resulta que después de mí, ni ellos, ni ellas, ni yo teníamos planes, hasta ahora, las salidas, las risas, los momentos, incluso el llanto contaba con mi presencia, para gritar, para llorar, para vivir.

Pronto tendré una cita con la muerte, la he llorado, maldecido, agradecido y cada estadio me ha significado un sentimiento nuevo, en este, en el que me encuentro ahora, creo que le llaman resignación, ese momento en el que sabes que está sucediendo, pero también sabes que nada de lo que hagas hará que cambie un solo ápice de tiempo, que cambie un pequeño momento del espacio.

Pronto tendré una cita con la muerte, y no me queda más que esperar, atormentarme no tiene sentido, así que dejaré de contar las horas, minutos y segundos, finalmente, cuando ella llegue, entrará sin tocar la puerta.

Cuando un ángel regresa al cielo

Se me ha ido la niña, la reina, la princesa, desvanecida se ha ido entre sueños de fresa y plata. Su cuna vacía se encuentra, las tibias sabanas heladas se hallan, y los recuerdos de sus risas escurren entre barandillas.

Se me ha ido la niña, no sé dónde se halla.

Una puerta entreabierta ventila su partida y el eco del recuerdo confirma ya su ausencia.

¡Grito!, se me ha ido la niña y no sé dónde anda, y el cansancio obra en las corrientes de mis venas, el escaparate de mi mundo corroído muestra los vestigios de un útero vació.

Se me ha ido la niña, y yo sé en dónde anda, sus pasos ahora calzan en las huellas de la muerte, y el olor a rosas, a esas rosas muertas, avisa que no es su cuerpo sino el mío que sin alma ya no sirve.

Más

Una lagrima más rodaba por un rostro más de los que se encuentran aislados y juntos en el sentimiento de la espera.

Una muerte más de un muerto más de los que se encuentran enterrados y juntos en tumbas sin inscripción.

Ya pronto no quedará agua en los cuerpos para seguir llorando, ya pronto no quedará tierra para enterrar los muertos.

Una madre más se queda sin hijo.

Un hijo más se queda sin padre.

Una patria más se queda sin hombres.

Una esposa más se quedará sola.

Solo es más, más muertos, más muerte, más caos, solo es más, hasta cuándo.

Otro muerto

La ruleta de la vida gira de nuevo, un cuerpo cae inconsciente y frío golpea el suelo.

Cuantas palabras calladas en un sonido, amaneceres encerrados en un cerebro muerto, sangre empieza a demarcar el cuerpo, y uno a uno expectantes ojos asoman sus perfiles, miles de voces se hacen escuchar en estrepitosos chillidos.

Todos escupen sus ideas, pero nadie sabe nada, una aureola roja dibuja la figura en el pavimento seco, junto con las miles de ideas que surcan el instante.

El apabullante silbido de una sirena se acerca, cuando ya ha una dupla de horas han danzado sobre el cuerpo inerte, y es recogido. Para que preguntas si no existen las respuestas.

En silencio es acomodado en medio de otros muertos.

En breves instantes se olvida su existencia, y las flores frescas de su entierro están igual de secas que la aureola roja que dibujó su silueta en el frío pavimento.

Te espero

Anoche soñé con tu muerte, que tú corazón lentamente dejaba de latir.

Misteriosamente en medio de la oscuridad de este cuarto, la inmensidad de la soledad me recuerda que realmente no estás aquí.

Me flagelan los recuerdos.

La expresión divina que se clama en las alturas escribió en los telones de la eterna existencia hace tiempo ya que los pecados tienen por castigo solamente la muerte.

¿y tú muerte?, el castigo a tus pecados en esta vida, o de alguna otra quizás.

En medio de sueños efervescentes se reviven instantes de tiempos lejanos pintados a mano por los dos.

Reviven sombras que danzan al son de silencio golpeando uno a uno tus cabellos.

Revive el negro profundo de tu pesado féretro, la lánguida lagrima pasmada aun en mi pecho.

Sí, la muerte es un castigo, es un castigo a mi existencia.

Conociendo

Si hubiese sabido que te ibas, hubiera aprovechado más tú amanecer todos los días.

Si hubieses sabido que me iba, hubieras escuchado mucho más mi silencio.

Si hubiese sabido que te ibas, te hubiera amado más… y discutido menos.

Si hubieses sabido que me iba, hubieras navegado más en el mas de mis ojos.

Si hubiera sabido que te ibas, todos los días serían un principio, y cada atardecer sería un nuevo día.

Si hubiese sabido,

Si hubieras sabido,

Solamente si hubiésemos sabido la mitad de lo que sabemos ahora que nos hemos ido, invertiríamos más tiempo en amarnos más y perderíamos menos muriéndonos cada día.

Una muerte lenta

No sé qué fue, quizás fue el hastió lo que nos llevó a este punto.

Quizás fue la monotonía quien se apoderó de todo.

Quizás soy yo, quizás eres tú.

Quizás el otoño ya tumbó las hojas, o el invierno fue el que nos quemó las raíces.

Ya no le queda nada que contar.

Nada que mirar.

Ya ni siquiera tiene ganas de crecer, de vivir.

No sé si fue el tiempo que ató sus alas, pero ya volar no es su palabra favorita.

No sé si el tiempo fue quien quitó el deseo, pero el sabor a amarnos ya no significa nada.

Ya este amor no quiere nada.

No sabe a nada, ya no dice nada.

Ya no es tan libre como en otros días, donde jugar por los jardines de tu cuerpo y mi cuerpo era su juego preferido, cuando tu beso y m i beso dejaban húmedas las sabanas, donde mi cuerpo y tu cuerpo eran uno solo.

Ahora solo quiere morir, morir entre recuerdos, morir entre palabras, ya no quiere ser revivido, ya no quiere ser contado, y hoy, se ha suicidado en mi último gemido de placer y el golpe de tú adiós tras esa puerta.

Cada uno se muere a su manera

Yo pensaba que la muerte era una sola, que era la misma para todos, eso sentí cuando le vi la cara a mi mejor amigo el día que enterramos a Paola, tenía la misma cara de mi mamá el día que enterró a mi abuela, y la misma mía de pequeña cuando murió mi gato.

Hoy años después, entiendo que cada uno muere a su manera.

Una mujer se muere cuando en la cocina fríe un huevo mientras piensa que sería de ella sino se hubiera casado, esa muerte parece lenta, lo bueno es que en la comida no se impregna la nostalgia.

De esta misma forma, muere el hombre que por entre la ventana de la iglesia ve como ella se casa, solo por no haberle dicho que la quiere, esa muerte se ve lenta, como no fue invitado no tendrá que mentir, desearle felicidad mientras le da la mano.

Una muerte más, concluyo yo, es la que vive el médico al que se le va entre los dedos la vida de un pequeño niño, o la de su propia gente, esta muerte suele ser más dramática, y se guarda rápido en el bolsillo de la bata.

Cada muerte, es más o menos dramática.

La mujer que muere cada vez que su marido se disculpa por haberle dado una lección a golpes, muere y muere y muere muchas veces, muere de a poco, pero se aguanta.

Y Así, cada uno muere a su manera, muere en su momento.

Urbanos

Los colores están desgastando el suelo, pequeñas huellas tamizan el piso, se observan callados, inmutables al paso del tiempo.

Sus lágrimas hacen parte del triste itinerario del día.

Sueños ruedan entre llantas, mueren aplastados al cruzar la esquina.

Segundos marca el reloj y sus rostros animan a sus voces, ofrecen tributos a la afanosa vida de las huellas grandes.

Manitas pequeñas que ofrecen, venden o regalan, tiempo, vida frutas, dulces, hasta el mismo cuerpo.

El tiempo termina ya, los colores cambian.

El tiempo rueda.

Los niños mueren cazando sueños pintando casa al pie de un semáforo.

De un suicidio

Pasaban las horas, solo cuando la sangre empezó a escurrirse bajo la rendija de la puerta es que el alboroto empezó a romper el silencio que hasta ese momento era tan poco humano.

Se escuchaban disculpas, perdones, y preguntas, miles de preguntas, ¿Por qué no estuve?, ¿Por qué no escuché?, ¿Por qué no dije?, frases que parecían no tener sentido en ese instante.

Cuando por fin se abrió la puerta, una escena conmovedora, turbadora, casi que impresionante.

Tirada en el suelo, pálida sin señal de vida alguna, sin embargo, con una sonrisa en los ojos, una sonrisa que daba impresión de un estado de descanso.

Ángel o demonio, valiente o cobarde, inocente o culpable, ya estaba muerta.

¿Que donde estoy ahora?, ¿Es el cielo, es el infierno?, no sé, solo sé que ya estoy muerta.

De la depresión

Y si introdujera mi mano en el pecho hasta sacar mi corazón, siento que podría apretarlo fuerte hasta sentirlo estallar y disolverse entre mis manos.

Y cuando no quede resquicio de que lo tuve, caminare entre ellos, no sonreiré, no lloraré, no sentiré, seré ese ente que camina y respira aire, un aire enrarecido frio, pero seguro.

Lo fastidiosos es que sé, que después de un tiempo, de las cuencas de unos ojos vacíos brotará no sé qué cosa, ya que para ese entonces abre olvidado que se llama llanto.

Brotará no sé qué cosa y sufriré, y de nuevo la ansiedad me significará la muerte de este no tan breve momento.

De un planeta que muere

La tierra anoche profundo lloró, lloró tan profundo, que el dolor amargo escupió unas raíces, unas cuantas raíces de su suelo, de todo su suelo.

Era tan amargo el llanto, que apagó las luces enigmáticas del pueblo, tan frio el dolor, que inundó el asfalto.

Era tan profundo el quejido que su miedo dejó de ser abstracto, la tierra lloró profundo anoche.

Su lamento tizno el cielo con grisáceas nubes, la niebla gélida rodó bajo los portones.

El dolor fue profundo, fue amargo.

La tierra caló muy hondo esa noche, anoche profundo lloró.

Y al amanecer, todos caminaban igual sobre el cuerpo de una tierra moribunda.

Sombras

Por Lia Hurtado

Todo estaba oscuro y el frio penetraba mis huesos, solo podía sentir el latido débil de mi corazón. Cómo es posible que la fría muerte quisiera arrebatarme el calor, cómo podría renunciar a todo. Mis lágrimas caían sin control, desesperado grité, pero solo la oscuridad me envolvió. En mi mente aparecieron imágenes olvidadas por el tiempo, antiguos amores, alegrías, algunas derrotas, horas interminables de trabajo y búsquedas incesantes que nunca logré abandonar, insatisfecho con el mundo, con la vida, con este ser eterno que no entendí.

Acaso esto fue todo en mi vida, el silencio se hizo profundo, mi mente divagaba Quisiera solo por una vez sentir la arena en mis pies mientras la brisa acaricia mi piel, en paz Cuanto daría por mirar sus ojos una vez más, una última palabra que no se dirá nunca pensé no despertar, como escapar de esta fría realidad.

solía no sentir los días, mis ojos nublados no lograron mirar con asombro cada despertar sin embargo cada minuto golpeaba mi piel, entre el ruido y el caos siempre agitado tantas cosas que pensé que debía tener, pero ahora esa casa vacía deje.

Vacío como dejó el corazón de los que me amaron, pero con impasible olvido fui dejando atrás se cerró el telón y se apagan las luces, solo quedo yo desnudo, sin mascaras ni antifaz las fantasías de mi ego se diluyen en la infinita pequeñez de mi existencia.

www.ingramcontent.com/pod-product-compliance
Lightning Source LLC
Chambersburg PA
CBHW020318160726
47992CB00004B/1594